À CLOCHE-CŒUR

lemasque.com

CATHERINE ARLEY

À CLOCHE-CŒUR

Maquette de couverture : Louise Cand
Photo : © Plainpicture/Volker Lammers

ISBN : 978-2-7024-5125-0

Catherine Arley est née en 1924 à Paris. Son premier roman, *Tu vas mourir*, paraît en 1953 chez Denoël dans la collection « Oscar » dirigée par Marcel Duhamel. Étrangement, son second roman est refusé par tous les éditeurs français à qui elle le propose. Arley se tourne alors vers l'étranger. *La Femme de paille* est publié en Suisse en 1954, puis traduit dans vingt-quatre pays, adapté au cinéma par Basil Dearden avec Gina Lollobrigida et Sean Connery, ainsi qu'au théâtre. Malgré sa nouvelle renommée internationale, elle n'est publiée au Masque (Librairie des Champs-Élysées) qu'à l'aube des années 1980. Autrice phare des années 1970-1980, Catherine Arley a su se forger une place à part dans la littérature policière avec ses histoires anticonformistes et immorales.

Qui paye les violons choisit la chanson.

Proverbe

Aux Marin, Jacques et Pat
et à leurs jolis pilotins :
Hélène et Valérie.
Affectueusement.

1

Dimanche soir

— Eh bien, dis-le !

— Je préfère me taire, j'en ai marre des scènes à longueur de journée.

— Quand tu ne râles pas, tu penses trop fort, c'est pire.

Agnès souligna sa phrase d'un regard noir braqué sur Michel. Il ne pouvait pas la regarder. Il devait surveiller la route qui paraissait plus sombre encore pendant la traversée de la forêt de Villers-Cotterêts. Il était une heure du matin, peut-être deux heures.

Une fois de plus, le week-end avait mal tourné. Boris et Célia avaient pourtant tout tenté pour détendre l'atmosphère. Boris surtout qui, de sept ans plus âgé que son frère, avait toujours porté à Michel une affection vigilante.

Célia, tout en admettant le point de vue des deux hommes, avait un jugement plus nuancé, sans doute par solidarité féminine et peut-être aussi parce qu'elle se reconnaissait dans Agnès. Mais le couple Boris-Célia avait pris une vitesse de croisière si bien étudiée qu'il pouvait affronter les tempêtes sans trop de risques.

La situation était loin d'être la même pour Michel et Agnès.

— Qu'est-ce que c'est que ce voyage à New York, tu ne m'en as jamais parlé ?

— Parce que tu ne m'écoutes pas quand je parle. Tu ne t'intéresses à rien de ce que je fais. Il n'y a que toi ! Ce que *tu* penses, ce que *tu* aimes, ce que *tu* décides : Brahms, dépassé ! Picasso, un génie ! La politique française en Afrique, débile ! Tout ! Tu sais tout ! Pas un sujet sur lequel tu n'aies pas d'opinion définitive.

— Quel rapport avec ton voyage à New York ?

— Tu t'es assez moqué de moi quand j'écrivais mes nouvelles policières, non ? « Allons, tu vois bien que je travaille, ne me dérange pas, tu ferais mieux de préparer le déjeuner au lieu d'écrire tes inepties ! » Eh bien, une seule de mes inepties va me rapporter plus que tu n'en, as gagné dans toute ta vie et plus que tu n'en gagneras jamais. Dix pages pour la gloire, ça t'embête ça, hein ! Enfoncés les traités politiques de Monsieur. « Conséquences déplorables de la décolonisation sur l'équilibre gestionnaire des finances françaises ». Combien d'exemplaires vendus ? Deux mille ? Non même pas, mille sept cents. Et c'est moi, qui ai tapé le manuscrit de Monsieur. C'est moi qui recherchais les critiques dans les journaux spécialisés, avec une loupe je précise, parce qu'il fallait avoir une bonne vue pour les trouver les trois lignes qui t'étaient consacrées. Combien il t'a donné ton éditeur ? Trois mille, deux mille ? À déduire là-dessus les pelures, les carbones et mon travail pas même tarifé. Pensez donc, c'est un plaisir pour la femme du grand homme de passer des heures à recopier son charabia !

— Je ne t'ai pas obligée à le faire !

— Non, bien sûr, seulement les frais auraient bouffé les bénéfices. Un expert financier, ça ne perd pas son temps à des travaux subalternes. C'est bon pour Agnès. Ça l'amuse, Agnès ! Et puis on ne peut pas faire l'amour toute la journée. Pas vrai ? On n'est pas des bêtes !

— Tu ne vas pas remettre ça !

— Tu as bien dormi pendant le week-end ? Tu as bien mangé ? Tu as bien bu ? Tu as lu deux romans à l'entracte après avoir reconstruit le monde avec ton frère en sirotant des Armagnac avant la sieste pendant que Célia et moi, on faisait la vaisselle et qu'on épluchait les haricots verts extra-fins du dîner.

— Je suis fatigué en ce moment.

— De quoi ?

— Je dis : je suis fatigué en...

— Et moi je te demande de quoi tu es fatigué ? Pas de plaisir tout de même, parce qu'une fois par mois à quarante ans, c'est pas un score tu sais !

— Tu ne penses qu'à ça !

— Je veux ! On pense toujours à ce qui vous manque.

— Mais tu sais que je t'aime.

— Oui tu m'aimes, mais tu aimes aussi le poulet Saintonge et le Beaujolais nouveau et les voitures à injection et les matches de foot à la télé et reconstruire le monde quand arrive le fromage. Alors, où tu me places dans ton loto ?

— Je ne peux pas aimer sur commande.

— Pas de risque !

— Veux-tu que je te dise, vous devenez castratrices, vous, les femmes à revendiquer votre droit au plaisir avec autant d'agressivité que s'il s'agissait d'une augmentation de salaire ou d'une prime de rendement oubliée sur vos feuilles de paye. Qu'est-que ça veut dire votre libération ? Vous n'étiez pas prisonniers de guerre que je sache !

— Phallocrate !

— Ah ! je l'attendais celle-là ! Dès qu'on vous met le nez dans votre mauvaise foi, vous nous envoyez ça dans les pattes.

— Inutile de généraliser, je te parle de moi. Pas des autres.

— Tu es comme les autres, tu as bien appris ton vocabulaire : les inhibitions, les phantasmes, la libido, les frustrations, les blocages, rien que des revendications. Tu es devenue un véritable ordinateur qui téléscripte toute la journée les tares des hommes. C'est vrai, ça devient de la compétition ! Tu ne veux pas comprendre. On est des hommes, pas Zorro ou Tarzan ou Superman. Nous aussi, on a besoin d'être mis en condition. Si vous étiez un peu plus douces et tendres, on serait peut-être un peu plus aimants.

— Tu ne disais pas ça au début, quand on s'est connus !

— Au début, tu ne m'avais pas flanqué d'inhibitions, tu étais gentille, gaie, toujours de bonne humeur.

— Forcément, on est parti une semaine à Vienne. On n'a même pas vu le Danube, on n'a pas eu le temps.

— Bah ! Au bout de cinq ans, ça ne peut pas être pareil.

— Pourquoi ?

— L'amour se transforme.

— J'en ai rien à faire de ton amour fraternel. J'ai trente-six ans, moi ! Je connais des hommes qui sont mariés depuis vingt ans et qui sont toujours aussi amoureux.

— Je serais curieux d'avoir le point de vue de leurs femmes.

— Elles ne s'en plaignent sans doute pas puisqu'elles sont encore là vingt ans après.

— Ma pauvre chérie, tu te fais des illusions. Qu'est-ce que tu crois que c'est des noces d'or ? Cinquante ans de félicité, la main dans la main, les yeux dans les yeux ? Non, c'est un attelage qui a tenu à cause des conventions, des parents, des gosses, des maladies, des deuils et de l'habitude. Cinquante ans de petite guerre, ça fait de vous les anciens combattants du mariage. Pas autre chose ! Ils ont droit à la médaille des survivants, c'est tout.

— Il y a des exceptions.

— Bien sûr et puis il y a aussi Roméo et Juliette, Tristan et Yseult, Philémon et Baucis. Seulement si leur histoire a traversé les siècles, c'est parce qu'elle n'était pas banale. La preuve, on s'y réfère encore à plusieurs siècles de distance. La majorité des gens est comme moi qui ne sais pas de naissance déboucher les éviers ou démonter un moteur. L'homme idéal n'existe pas, la femme idéale non plus. Moi, je revendique le droit à la fatigue, à la trouille des contredanses, à l'incapacité de réparer l'aspirateur, à être déçu de n'avoir pas fait un best-seller avec mon bouquin. Tu crois que ça ne m'aurait pas plu de gagner des millions et de pouvoir t'offrir des tas de trucs !

— Oh ! ça va, ça va. Tu détournes le problème. Moi je ne vois qu'une chose : depuis trois semaines, si tu m'empêches de dormir, c'est parce que tu ronfles. C'est tout.

— Prends-en un autre !

— La voilà bien la lâcheté des bonshommes ! Prends-en un autre et qu'il fasse tout ce que je ne peux pas faire, changer les plombs, réparer l'aspirateur, te faire vivre, t'offrir une fourrure. Et puis après tu iras pleurnicher partout que je suis une garce.

— Non, ce n'est pas de la lâcheté mais de la lucidité. Si tu persistes, victime d'un bourrage de crâne crétiniste, à chercher en moi ne surhomme grand, fort, beau et généreux venu enlever sa belle sur son fier destrier, je ne peux pas tenir le choc après un tel conditionnement, je préfère passer la main et te laisser toute latitude de trouver l'oiseau rare.

— Le beau rôle, toujours ! Monsieur feint de s'effacer quand il s'essouffle. Je comprends pourquoi elle t'a plaqué, ta femme.

— Oh ! ça ne m'étonne pas, tu comprends tout, toi !

— À l'époque, tu étais un de ces bourgeois amusants qui boivent leur Perrier sans whisky, ne fument plus par volonté, font trente kilomètres à vélo le dimanche matin avant de regarder le match de foot à la télé, appellent leur belle-mère Mamie et repartent au boulot le lundi avec la mallette du petit cadre.

« Parce que tu lisais le *Nouvel Obs* et avais vu un film de Bergman, tu te prenais pour un intellectuel.

« Tu considérais que les revendications féminimes après deux enfants, remplacent à notre époque les ouvrages de dame de nos mères.

« Tes seules angoisses : les traites d'appartement et de chaîne Hi-Fi. Tu traversais la vie en cocoricant et tu n'as rien compris quant ta femme t'a plaqué pour ne pas mourir idiote.

— C'est tout ?

— Oh ! non, je peux être intarissable sur le sujet. Vous êtes tous les mêmes.

— Pauvre tarée !

— Et voilà ! On remplace le manque d'arguments par la grossièreté. Tu te crois viril ?

— Tu sais que tu relèves de la paire de claques ! Tu as de la veine qu'un vieux fond d'éducation bourgeoise m'empêche de le faire.

— Pauvre type ! Où elle est ta supériorité ? Dans tes poings ? Je crois que c'est tout, autrement, je me défends dix fois mieux que toi. Qu'est-ce que je dis, dix fois, cent fois mieux que toi ! Je suis déjà célèbre. On a tiré une pièce de ma nouvelle. Elle a fait un tabac à Broadway et on va en faire un film. À Hollywood. Avec des vedettes ! Et le *Time* veut faire un reportage sur moi. C'est pour ça qu'ils m'invitent à New York. C'est la gloire ça, mon pauvre Michel, la gloire et la fortune qui te sont passées sous le nez.

— Réussir un coup, ce n'est pas faire une carrière. On reparlera de tout ça dans dix ans.

— En attendant, j'ai tout et tout de suite.

— Alors de quoi te plains-tu ?

— De toi qui passes la main à la première difficulté. De toi qui prétends m'aimer et qui ne fais rien pour me le prouver.

— Assez ! Assez ! Ferme-la !

— Et voilà l'argument suprême, le point d'orgue de toutes les scènes. Allez, arrête-moi, je descends.

— Quoi ! Qu'est-ce que tu racontes ?

— Je descends, je te dis. On ne va pas poursuivre la scène jusqu'à Paris.

— Ce n'est pas moi qui ai commencé mais c'est plus fort que toi, il faut toujours que tu ramènes les mêmes trucs sur le tapis. À quoi ça nous mène, peux-tu me le dire ? À nous faire du mal. Allons, embrasse-moi et faisons la paix.

— C'est ça ! Toujours aux femmes de faire le premier pas. Monsieur est au-dessous de tout mais Monsieur veut bien vous pardonner d'être un minable. Fais une bise à pèpère et passez muscade !

Michel alluma la radio de bord et chercha un peu de musique pour détendre l'atmosphère. Malheureusement pour lui, il tomba sur les informations. Depuis trois jours, il ne les avait pas entendues. Il voulut les écouter pour se tenir au courant de l'actualité.

Le speaker n'avait pas énoncé trois phrases que d'un geste sec, Agnès avait fermé le poste.

Déjà suffisamment énervé par leur dispute, Michel ne put se contenir. Il lui envoya une gifle d'un revers de main.

Il n'avait pas achevé son geste qu'il le regrettait mais de peur de déclencher une autre scène, il s'abstint de tout commentaire, les yeux fixés sur la route, le pied à fond sur l'accélérateur. C'était compter sans les réactions d'Agnès. Elles ne tardèrent pas.

Un coup de poing lui arriva dans la nuque sans qu'il l'ait senti venir et, se cramponnant au volant, elle le tourna vers elle de toutes ses forces.

Ils firent un tête-à-queue. Michel freina trop brusquement. Ils faillirent capoter. D'un brusque coup de coude dans la poitrine, il la repoussa.

— T'es dingue, non !

Mais elle ne lâchait pas prise, et son pied qui cherchait la pédale d'accélérateur le gênait pour freiner. Sur une centaine de mètres, il réussit à immobiliser la Volvo, tremblant de la terreur colossale qu'il venait de ressentir.

Quand, après bien des difficultés, et parce qu'à cette heure avancée de la nuit, il n'y avait aucune circulation, il parvint à stopper sa voiture et à ouvrir sa portière, malgré le tremblement de rage qui le secouait, il articula d'une voix enrouée de colère :

— Fous le camp ! Tu voulais descendre, eh bien, fous le camp ! Que je n'entende plus jamais parler de toi !

D'une bourrade, il l'éjecta. Elle faillit tomber sous la violence du choc.

Sa rétine enregistra la main d'Agnès cramponnée à la poignée de la portière.

Avec une satisfaction sadique, il démarra en écrasant l'accélérateur. La portière claqua brusquement en se refermant.

Comme un boxeur groggy, il cherchait son souffle au fond du diaphragme. Ses mains tremblaient sur le volant.

Machinalement, il jeta un coup d'œil à son rétroviseur. La silhouette d'Agnès diminuait et se fondait dans l'ombre de la nuit.

Il ne la quitta pas des yeux tant qu'il resta dans la ligne droite puis, presque tout de suite, il se trouva sur l'embranchement. La nouvelle route menait vers Paris, l'ancienne vers Villers-Cotterêts. Il allait l'emprunter quand il s'aperçut qu'Agnès avait oublié son sac sur son siège. Ce ne fut pas par galanterie qu'il décida brusquement de le lui rapporter mais pour doser le suspense en lui donnant une fausse joie. Il passa en marche arrière. Cramponné du bras droit au dossier voisin, il manœuvrait dans la position idéale qui déclenche les lumbagos.

En le voyant revenir, Agnès avait déjà du reprendre du poil de la bête. Il eut un sourire de méchante satisfaction quand elle fit quelques pas au devant de la Volvo.

Pour ne pas perdre de temps, il se pencha pour ouvrir la portière.

La caisse de la voiture tangua quand il freina subitement à hauteur de la jeune femme. En repoussant la portière, il put apercevoir son petit visage buté qui l'affrontait. Elle pensait sans doute qu'elle allait reprendre la situation en main.

Une bouffée de hargne renforça la détermination de Michel.

Il attrapa le sac à bandoulière d'Agnès et le lui envoya en pleine figure. Elle l'esquiva maladroitement. Le sac avant de tomber lui frappa l'épaule. Son contenu se renversa. Michel repassa en marche avant et fonça droit devant lui.

À nouveau il l'aperçut dans le rétroviseur qui se penchait pour ramasser ses affaires. Elle devait fulminer telle qu'il la connaissait.

Bien fait, elle l'avait assez cherché !

Arrivé dans Villers-Cotterêts, il ralentit en quête d'un bistrot ouvert. À cette heure-là, il n'y avait que La Grande Resserre, une auberge pour Parisiens en goguette qui passent leur week-end dans les chambres du premier et descendent dîner vers dix heures en buvant une bouteille, face à un feu de bois dans une gigantesque cheminée de pierre.

Il ralentit pour se garer dans le parking de l'hôtel.

Malgré sa colère, il ne put s'empêcher de se rassurer en pensant qu'Agnès n'aurait que dix minutes de marche pour le rejoindre.

En tout cas, il commanda une bouteille de champagne pour bien lui prouver qu'il souhaitait la paix quand elle arriverait.

Il songea aussi qu'il avait un rendez-vous important le lendemain à neuf heures et qu'il ne serait probablement pas couché avant quatre ou cinq heures du matin, le temps qu'ils échangent les inévitables paroles définitives qui ne résolvent rien mais laissent chacun des protagonistes sur des positions irréductibles.

Cela fait également partie des innombrables tributs qu'il faut payer à l'amour !

2

La patronne, une forte femme qui dans sa jeunesse aurait pu être mannequin chez Olida, lui demanda où était Madame quand elle déposa sur une table devant lui la bouteille de champagne dans son seau.

— Elle arrive, répondit Michel d'un air entendu, faisant preuve à cet instant d'un optimisme qu'il était loin de posséder.

La femme, étant patronne de bistrot et non inspecteur à la Mondaine, parut s'accomoder de la réponse.

Madame arrivait ! D'où ? À deux heures du matin ? Logique tout ça ! Quand elle eut rejoint son bar, elle coulissa un regard vers son dernier client. Encore un qui venait de rater son week-end. Il espérait peut-être trouver dans son établissement une âme sœur dans la même situation que lui. Si la patronne acceptait volontiers de recevoir chez elle des couples irréguliers, elle refusait avec hauteur l'étiquette de tenancière.

Son client, sous son calme apparent, avait l'air de bien méchante humeur. Peut-être qu'il avait largué sa bonne femme quelque part sur la route et que pris de remords, il était venu l'attendre au seul endroit de la région encore ouvert. Il espérait sans doute amorcer la grande scène de la réconciliation avec sa bouteille de champagne dressée sur la table comme calumet de la paix.

La patronne, qui avait renvoyé son personnel à onze heures du soir pour ne pas devoir payer d'heures supplémentaires au double tarif, essuyait ses verres derrière son comptoir en pensant que tout compte fait, elle n'était pas mécontente de son veuvage.

Son bonhomme, un atrabilaire qui déplaçait lourdement son quintal trente-cinq sous son tablier blanc, surmonté d'une toque de chef et qui faisait trembler les cuisines de ses fulminations, était mort l'année précédente, à cinquante-sept ans, d'une attaque.

Il avait emporté dans la tombe la recette de ses « Écrevisses d'Olympe au curry » et celle de « La Flamiche au maroilles » inscrites en rouge sur la carte à la rubrique spécialités.

Il ne traverserait plus majestueusement la salle comme un vaisseau amiral pour saluer les habitués.

Mais du moins, on ne l'entendrait plus vitupérer les commis, pester contre les fournisseurs et surtout, elle n'aurait plus la sensation que son lit allait s'effondrer à chaque fois qu'il s'y échouait et que la forge de ses ronflements lui prouvait que dans la vie on ne se marie pas forcément pour le meilleur.

Maintenant la patronne, c'était elle. Un jeune chef ambitieux trônait derrière les fourneaux. Elle le payait royalement et lui laissait entendre qu'il ne dépendrait que de lui de tenir les commandes de l'auberge signalée au Michelin par trois fourchettes et quatre spécialités. Il mettrait bien vingt ans à devenir aussi gros que le précédent mais dans vingt ans, il aurait toujours douze ans de moins qu'elle.

Oui, la vie pouvait être bien agréable si on ne se croyait pas tenu d'inclure l'amour dans le programme.

Elle les voyait défiler les amoureux de week-end, main dans la main, bouche pleine et regard alangui par les bons vins.

Deux, trois dimanches de suite, ils retenaient la même table, le même vin, la même chambre et puis : plus rien pendant deux moix. Un jour, l'homme refaisait surface avec une autre dulcinée.

Les femmes aimées comme les femmes abandonnées représentent un élément nécessaire à la bonne marche d'un restaurant mais en aucun cas un fonds de clientèle intéressant. Les premières pour la plupart suivent un régime, et celles qui escortent leur Don Juan de la table dans les relais campagnards pleurent chez elles après la séparation en relisant des lettres ou des programmes jaunis de théâtre, petites épaves de leur naufrage sentimental, mais il ne leur vient jamais à l'idée d'aller étouffer leur chagrin sous une bonne bouffe.

Tandis que l'homme, même plaqué, n'y résiste pas.

Rien ne lui coupe l'appétit et sa soif ne s'étanche pas si facilement. Avec une autre partenaire ou à défaut un collègue de bureau, il viendra en pélerinage sur le lieu de ses exploits et reprendra au point où il l'avait laissée la litanie de ses rodomontades.

Dans une certaine mesure, la patronne préférait la clientèle des hommes à celles des couples.

Avec une femme, les Casanova se devaient de ne pas trop forcer sur le gevrey-chambertin au moment du faisan, tandis qu'entre eux, dégagés de toutes angoisses métaphysiques, ils pouvaient rouler des mécaniques en pontifiant sur les grands crus d'Armagnac.

Michel Farnèse consulta sa montre pour la quatrième fois. Vingt-trois minutes avaient passé. Agnès connaissait le parcours. Ils le faisaient assez souvent, presque tous les week-ends à la belle saison. Elle savait donc pertinemment qu'elle se trouvait à moins de cinq cents mètres de Villers-Cotterêts et que La Grande Resserre, qui se trouvait à l'entrée du village, restait ouverte tard dans la nuit le dimanche soir.

Malgré sa mauvaise humeur, elle ne pouvait aller nulle part ailleurs et surtout pas revenir sur ses pas. Il lui aurait fallu traverser la forêt de Retz pour rejoindre Soissons à vingt-trois kilomètres.

Obligatoirement, elle viendrait ici ne serait-ce que pour téléphoner. Il suffisait de l'attendre et de rester calme. Surtout de rester calme. Sa colère était tombée. De nature, Michel avait un caractère égal. Quand il était marié avec Margot, ils ne se disputaient pratiquement jamais. Ils s'entendaient bien tous les deux, même s'ils s'ennuyaient un peu ensemble mais leur union aurait pu durer des années. C'est en faisant une fausse couche pour le troisième que les ennuis avaient commencé. Margot avait eu des problèmes féminins. Il ne savait pas au juste lesquels. Les maladies qui concernent les femmes le choquaient toujours un peu. Elle parlait beaucoup de ses soins, de son médecin. Cela était rapidement devenu fastidieux aux oreilles de Michel. Il lui avait été fidèle un certain temps, par manque d'occasions surtout, puis un jour qu'il faisait un reportage à Vienne, en Autriche, car il bouclait ses fins de mois comme freelance, il avait connu

Agnès. À vrai dire, il l'avait prise en stop à quatre cents kilomètres de Paris. Elle devait soi-disant rejoindre des copains mais elle n'avait pas précisé l'endroit. Il lui avait proposé alors de l'emmener à Vienne avec lui. Elle n'avait pas été longue à se décider.

Il avait bâclé son reportage et avait passé une semaine avec elle. À l'hôtel ! C'était vrai ! Il n'en était pas revenu lui-même. Leur histoire avait démarré sur les chapeaux de roue. Au retour, il avait plaqué Margot et ses deux enfants pour se mettre en ménage avec Agnès. Ils s'étaient aimés comme des forcenés durant les premiers temps. Ils ne savaient rien l'un de l'autre. Ils ne se souciaient même pas de découvrir leur caractère réciproque. C'était venu tout seul au bout de quelques mois quand leur boulimie de plaisir s'était un peu apaisée. Ils n'avaient pas beaucoup de points communs. Michel était un homme de cabinet qui aimait lire, s'enfermer des heures pour travailler, consulter des tonnes d'archives à la bibliothèque nationale. Agnès était une épidermique sans culture et sans réflexion avec un bon sens incroyable, une curiosité inlassable pour les êtres et les choses et une intransigeance qui lui faisait rejeter les demi-mesures.

Au début, Michel avait découvert avec ravissement la vitalité de sa compagne. Mais il s'était rapidement rendu compte de l'aspect brouillon et instable du personnage. Non, il n'était pas honnête envers lui-même en l'évoquant de cette façon. C'est elle qui avait raison. Elle ne voulait pas se laisser dévorer par le système. Elle voulait vivre, découvrir des gens et des paysages, engranger des sensations et des souvenirs. L'argent ne l'intéressait pas. Elle n'accordait aucun crédit aux relations. Ses préférences allaient toujours aux farfelus qui parcourent le monde sans un sou. Ils faisaient escale chez eux pour un jour ou deux et leur envoyaient des copains pour que ne se brise pas la chaîne de leur solidarité. La réaction de Michel était d'agacement et peut-être aussi de jalousie. Il était le plus âgé de cette bande cosmopolite et, en prenant au sérieux son métier et sa carrière, il savait qu'à leurs yeux, il passait pour leur dupe.

Pour garder Agnès, il forçait un peu sur la sympathie qu'il était loin de ressentir pour ces marginaux.

Agnès, du soleil dans un sous-bois en automne, des cheveux auburn, épais, bouclés qui lui retombaient en une frange lourde sur les yeux, des mèches de cuivre, de maïs, de feuilles mortes, des yeux pailletés, des taches de rousseur, une belle bouche gourmande sur des dents un peu bombées, des mains fines, nerveuses mais bien gainées de chair avec le mont de Vénus moelleux des femmes sensuelles. Une fille à la fois mince et dodue qui, par sa carnation, accrochait mieux qu'une autre la lumière. Quand elle baissait les yeux, un éventail de cils voilait sa paupière inférieure. Elle avait la voix basse et vibrante, le pied petit et cambré. Le cou aussi semblait cambré avec son renflement de colombe.

En fait Michel la regardait avec des yeux de peintre, peut-être par un phénomène d'osmose à force d'avoir observé Boris quand il préparait ses couleurs pour brosser ses tableaux.

Les gens qui s'entassent devant la télévision en couleur voient le monde qui les entoure dans un camaïeu grisâtre. C'est généralement l'amour qui donne un coup de projecteur à l'existence mais le projecteur est à haut voltage et les risques de courts-circuits sont nombreux.

Michel le savait et avait appris à s'en accommoder. Tous deux découvraient par moments des plages heureuses de calme félicité où ils se retrouvaient comme aux premiers temps sur la même longueur d'ondes dans une harmonie totale de leurs corps et de leurs esprits.

Machinalement il étendit ses mains à plat sur la table et les regarda avec curiosité, avec les yeux d'Agnès parce que la jeune femme les aimait. « C'est ce qui m'a attiré chez toi, lui avait-elle dit dans les débuts de leurs relations, tes mains, ton odeur et ton regard à la fois grave et complice. » Détails importants, hameçons de l'amour qui vous accrochent bien solidement et vous entraînent au bout d'une ligne invisible, même au plus fort des torrents.

Au seul frôlement de leurs mains, le courant passait entre eux. Leurs regards se voilaient d'une semblable fixité et ils savaient qu'ils n'allaient pouvoir résister à leur plaisir.

Pourquoi la magie n'opérait-elle plus maintenant qu'à des occasions de plus en plus rares ? Peut-être à cause de la jalousie de Michel ? Agnès avait déjà trente et un ans quand il avait fait sa connaissance. Elle avait avoué qu'elle avait toujours vécu comme un garçon en choisissant ses amours à la carte. Le plaisir et le copinage primaient sur les sentiments. Ses amants étaient devenus ses copains. Elle leur portait une affection un peu particulière qui les désignait immanquablement à la jalousie de Michel.

S'il en avait par force accepté le principe, il avait encore trop de réactions conventionnelles pour en admettre le fait. Comme tous les hommes, il aurait souhaité l'avoir sous sa totale dépendance mais Agnès était un feu follet, brillant, léger, insaisissable. Tant qu'elle l'aimerait, elle resterait auprès de lui mais après, que deviendrait-il, lui, si ses sentiments survivaient à ceux de la jeune femme ?

Ses enfants aussi posaient un problème. Agnès ne les aimait pas, non par une jalousie de femelle qui rejette tout ce qui a existé avant son règne mais parce que les deux garçons étaient insupportables, mal élevés et turbulents, et qu'elle ne se sentait aucun goût pour jouer les marâtres. Il se souvenait encore d'une conversation d'Agnès et de Célia où il s'était gardé d'intervenir.

Célia, s'adressant à Agnès, lui avait demandé si elle souhaitait des enfants. « Non, lui avait-elle répondu catégoriquement, je n'ai pas besoin de ce *starter* pour me prouver que j'existe ! »

Elle ne pouvait trouver en Célia oreille plus complaisante. À quarante-trois ans, Célia n'avait jamais regretté de n'en avoir pas donnés à Boris.

— Me l'a-t-on assez reproché que tout aurait été différent si j'avais eu un enfant, avait-elle reconnu sans tenir compte de la présence de son beau-frère qui réagissait comme toutes les mères de famille, en pensant qu'une femme stérile n'est pas une femme à part entière.

Par contre, Agnès et Célia estimaient qu'il s'agissait là d'une réaction d'envie de ces mères comblées qui, toutes à des degrés divers, avaient des problèmes avec leurs rejetons.

Célia n'avait jamais cru aux enfants. Bien sûr comme toutes les femmes, elle bêtifiait un peu devant un bambin de deux à six ans. Mais elle prétendait aussi que dès que le beau bébé aurait quitté les jupes de sa mère pour devenir écolier, il entrerait de plain-pied dans l'âge ingrat qui, de la maternelle à l'université, lui ferait franchir toutes les étapes des révoltes gauchissantes avec les discours marxistes, la haine du bourgeois, le rejet de la cellule familiale et ses ennuyeuses séquelles qui, en mettant à rude épreuve les fibres maternelles, ouvrent les vannes dans le compte en banque pour entretenir à grands frais une jeunesse qui affiche un souverain mépris pour l'argent, celui des autres, cela va sans dire.

Non, elle ne regrettait pas de n'être pas en possession d'un grand jeune homme de dix-huit ans qui ferait gueuler sa sono dans sa chambre, fumerait du hasch avec les copains, bousillerait la voiture paternelle et lui répéterait à longueur de journée qu'elle n'était plus dans le coup et qu'il en avait ras le bol de sa société pourrie.

Une fille du même âge ne lui inspirait pas non plus la moindre nostalgie car il lui aurait fallu subir les états d'âme et les élans amoureux de son héritière que la pilule, Dieu merci, aurait protégée de la honte d'être fille mère.

Bien sûr, le jour de la fête des mères, elle aurait reçu en cadeau un moulin à café électrique ou une eau de toilette mais tout compte fait, ces offrandes justifiées par vingt ans de soins, de soucis et de financements ininterrompus ne lui manquaient pas. Avec les économies réalisées sur les enfants qu'elle n'avait pas eus, elle pouvait s'offrir n'importe quel jour de l'année un tournebroche en or massif et partager avec son bonhomme la bienheureuse tranquillité d'une femme sans attache.

À peu de choses près, Agnès tenait le même raisonnement mais Michel qui avait tout quitté pour refaire sa vie avec elle ne l'entendait pas de cette oreille. Puisqu'il repartait à zéro, il voulait tout recommencer, la famille, les enfants, le clan.

Avec des enfants, Agnès aurait des amarres. Cela l'empêcherait de fuguer à tout propos, à la première dispute ou pour rejoindre des copains dans un week-end où on oubliait d'inviter Michel.

Maintenant en plus, il y avait cette histoire de film qui risquait en lui rapportant une fortune et une certaine notoriété, de l'éloigner encore davantage de lui.

Il s'efforçait là encore de faire taire sa jalousie, mais il avait bien du mal à ne pas manquer d'aigreur devant une réussite si soudaine déclenchée par une nouvelle de dix pages, bâclée par une journée pluvieuse.

La nouvelle traduite en anglais avait paru dans un journal américain. Un jeune metteur en scène de théâtre avait décidé d'en faire une pièce qui avait démarré si fort à Broadway qu'elle allait être adaptée au cinéma. Cette incroyable avalanche de chances et de succès lui semblait indécente alors que, depuis des années, il devait consulter des piles d'archives avant d'écrire la première ligne de ses bouquins qui par malchance ne s'adressaient qu'à des spécialistes et n'avaient qu'une audience limitée.

Agnès n'était pas écrivain. Elle n'en avait ni le goût ni les dons mais parce qu'elle avait tué le temps en écrivant une historiette, elle allait récolter gloire et fortune qui la mettraient définitivement à l'abri du besoin même si elle ne touchait plus jamais une plume par la suite.

Par honnêteté, Michel ne pouvait minimiser sa réaction mesquine dictée par l'envie.

Son regard croisa celui de la patronne. Que devait penser la grosse femme de ce client en tête-à-tête avec une bouteille de champagne encore bouchée ?

Michel consulta sa montre. Il y avait maintenant une heure dix qu'il attendait Agnès. Raisonnablement, il devait admettre qu'elle ne viendrait plus, d'autant moins qu'elle n'avait pas besoin de prétexte pour faire des fugues. Elle avait dû faire du stop pour regagner Paris.

Un vague malaise le contraria à cette pensée, non pas tant parce que c'était en faisant du stop qu'ils s'étaient connus mais parce qu'à cette heure tardive, elle risquait de faire une mauvaise rencontre. Il n'allait pas l'attendre indéfiniment dans cette auberge. Il devait retourner sur la route voir si par hasard elle y était encore. Peut-être avait-elle décidé de guetter sur place un automobiliste complaisant et elle ne risquait guère d'en trouver à cette heure-là.

Michel laissa sur la table deux billets de cent francs et se leva. En passant devant la patronne, il prit un ton faussement désinvolte pour lui dire : « Remettez donc cette bouteille au frais, je reviendrai plus tard. » Elle hocha la tête d'un air entendu mais sous son sourire commercial, Michel devina qu'elle se fichait de lui et qu'il ne faisait aucun doute pour elle que sa mystérieuse amie lui avait posé un lapin.

Contrarié, il remonta dans la Volvo.

Le village dormait sous la lune. Un chien passa en trottinant et lui jeta un regard indifférent.

Michel roulait lentement au cas où il rencontrerait Agnès mais il n'y croyait guère. Il la connaissait trop !

Confusément, il sentait que c'était préférable. Un moment apaisée, sa colère redevenait tempête soulevée par de grandes houles de rancœur.

Agnès n'allait pas toute sa vie le faire tourner en bourrique. Il se sentait émasculé à ce régime. Il allait la retrouver. Cette nuit ! Et il lui ferait regretter d'être venue au monde !

3

À plus de trois heures du matin, Michel réveilla son frère. Il était retourné chez Boris pour obéir à son instinct. Mais Agnès n'était pas revenue. Non, elle n'avait pas téléphoné. Michel n'avait qu'à sonner son appartement, il tomberait sans doute sur la jeune femme.

Sur ces entrefaites, Célia les rejoignit, drapée dans une vieille robe de chambre. Tandis que Boris resserrait la ceinture de sa sortie de bain et s'asseyait sur le divan tout en grattant sa tête ébouriffée et en bâillant bruyamment, elle dit calmement à son beau-frère :

— Asseyez-vous, Michel, je vais faire du café.

— Navré de vous réveiller, Célia, mais je suis un peu inquiet.

— Disputés ?

Il haussa les épaules pour éviter de répondre.

— Qu'est-ce qui te fait penser qu'elle serait revenue ici ? demanda Boris.

— Pour me culpabiliser en vous disant que je m'étais conduit comme un salaud.

— Allons, ne reste pas debout.

Célia avait gagné la cuisine, et ils pouvaient l'entendre remuer des casseroles.

— Je peux téléphoner ?

Tout en bâillant de plus belle, Boris hocha la tête et lui désigna le téléphone d'un geste vague.

Prince Igor entra et vint flairer les jambes de Michel. C'était un vieux chien bâtard mi-grœnendael, mi-basset avec une grosse tête au mufle large qui évoquait davantage un hippotame qu'un boxer. Ayant reconnu un membre de la famille, il alla s'étendre en descente de lit devant la cheminée où rougeoyaient encore quelques braises.

Au bout d'une dizaine de sonneries, Michel dut bien se rendre à l'évidence. Il n'y avait personne à l'appartement.

— Elle fait peut-être exprès de ne pas répondre, suggéra Célia qui revenait avec un plateau où tintait de la porcelaine.

— Que s'est-il passé ? demanda Boris en versant le café dans les tasses que lui tendait Célia.

— Ce que je sais ! Une scène... Je l'ai virée de la voiture à la sortie de Villers. Quand je suis revenu une heure après, elle n'était plus là.

— À quel propos, la scène ?

Michel haussa les épaules. Il n'en savait rien. Arriver à des paroxysmes sans savoir comment, c'est le propre des disputes.

— Tu vas coucher là ?

— Non, mon vieux, je vais rentrer.

— Pour quoi faire ? Elle a dû aller coucher chez une copine.

Michel haussa les épaules.

— Boris a raison. Restez avec nous. Demain vous serez calmés tous les deux.

Boris se leva pour aller jeter une bûche dans le feu.

— Je suis désolé de vous avoir réveillés.

— Voulez-vous un peu de viande froide ?

— Non merci, Célia. J'ai plutôt mal à l'estomac.

— Vous vous êtes battus ?

— Non pourquoi ?

Sans répondre, Célia désigna du doigt la manche déchirée du veston de son beau-frère.

— Oh ! non, je me suis pris dans le pare-chocs.

— Pas banal ça ! remarqua Boris en rigolant.

— Oui, je voulais voir si…

— Je crois qu'on ferait mieux d'aller se coucher, ça ne sert à rien d'épiloguer là-dessus. Demain, il fera jour.

Ils finirent leur tasse de café en silence.

— Si elle appelle, vous êtes là ? demanda Célia tandis qu'ils se levaient pour monter aux chambres.

— Naturellement ! Mais ne vous dérangez pas si on sonne, j'irai répondre.

— Allez bonne nuit, je vous laisse.

Célia, toujours discrète, partit la première vers l'escalier pour laisser les deux frères en tête-à-tête au cas où ils auraient eu envie de rester seuls.

Mais à quarante-sept ans, Boris savait depuis longtemps qu'il ne sert à rien de jouer les médiateurs dans les histoires sentimentales d'un couple. Le rôle de confident est le même que celui de S.O.S. Amitié : le silence, une dose impressionnante de patience pour savoir écouter mais pas d'opinion personnelle. Simplement, il passa son bras sur l'épaule de son frère. Ce simple geste affectueux prouvait combien l'entente entre eux était profonde.

Michel ne s'endormit qu'aux premières lueurs de l'aube. Le remords, la rancœur, la hargne, l'inquiétude téléscriptaient leurs flashes tour à tour rassurants et affolants. On n'aime pas les gens pour leurs mérites. Avoir quelqu'un dans la peau, c'est être un drogué, souffrir du manque, planer dans de fugaces paradis, mais se sentir presque toujours en porte-à-faux parce que sans l'autre, on ne peut pas vivre.

Boris qui était insomniaque se leva à six heures et descendit se faire une tasse de café. Accompagné de Prince Igor, ils allèrent tous deux pisser dans le jardin puis, tandis que le chien marquait son territoire en levant la patte sur ses arbres préférés, son maître arrachait machinalement les liserons qui étouffaient ses rosiers.

Des nappes de brume flottaient entre vallée et mont. Un cheval, cuir brun sur pâturage vert encensait l'herbe givrée d'humidité.

Par un accroc de brouillard, le soleil lançait un de ses javelots dans la vitre d'une maison de l'autre côté de la colline. La vitre devenue diamant brillait d'un éclat blanc.

Le vent, du faîte aux racines, troussait le feuillage des hauts peupliers italiens. Les feuilles, face verte, dos gris, bruissaient de plaisir à ce réveil matinal.

Pour la sonorité des mots, Boris improvisa :

Le vent rafale, s'étale, brame, râle.

Le vent qui souffle, s'essouffle, détrousse, puis trousse.

Le vent en trombe, ronfle, pompe, gonfle.

Viens le vent, pars le vent, joli vent, plein vent, qui fend, rend, tend, prend.

En déambulant dans son jardin, Boris découvrit la calandre défoncée de la Volvo de son frère. Étonné, il leva les sourcils, il ne lui semblait pas avoir remarqué ce détail la veille. Pourtant, par déformation professionnelle, il laissait rarement passer des détails.

À pas lents, il rentra par la porte-fenêtre dans la cuisine pour se refaire une autre tasse de café accompagnée de deux œufs frits au bacon. Comme chaque matin, il brancha son transistor et alluma sa première cigarette.

De façon un peu confuse, ses pensées dérivaient vers Londres où il devait se rendre pour le vernissage de sa prochaine exposition. Il avait envie d'emporter sa dernière toile. C'était un peu bête parce que les autres se trouvaient déjà sur place, inscrites au catalogue. Mais celle-là lui plaisait. Elle avait un rythme et une profondeur plus évidents que les toiles précédentes.

Ce fut en entendant prononcer le nom de Villers-Cotterêts que Boris prêta plus ample attention aux paroles du speaker : « On a découvert, tôt ce matin, sur la route près de l'embranchement de Paris, le cadavre d'une inconnue. La thèse qu'un chauffard ait pu la renverser a très vite été abandonnée. La victime ne portait aucun vêtement qui pût l'identifier. Il s'agit donc probablement d'un crime. L'assassin en dépouillant sa victime a sans doute voulu brouiller sa piste. Pour plus de détails, reportez-vous à notre journal de sept heures. »

Boris ferma son poste. Pensivement il mangea ses œufs en buvant son café brûlant par petites gorgées.

Sa première impression fut ne de voir dans ce fait divers qu'une coïncidence curieuse. Pourtant une sourde appréhension l'empêchait d'y croire tout à fait. La calandre défoncée de la Volvo et la manche déchirée du veston de son frère s'imposaient à son souvenir et faussaient son raisonnement. Il essaya de se rappeler les paroles de Michel à propos de sa veste arrachée.

Boris retrouvait l'impression désagréable qui, la veille, lui avait fait prendre n'importe quel prétexte pour éluder l'explication stupide de Michel.

Son frère et Agnès se disputaient tout le temps. Boris n'avait jamais voulu prendre parti dans leurs discussions, cela ne le concernait pas. S'il aimait Michel, il avait beaucoup de sympathie pour Agnès. Dans le fond, c'était une pauvre gosse née de parents divorcés. Elle n'avait pas trois ans quand son père avait fichu le camp avec la meilleure amie de sa mère. Cette dernière avait dû travailler et avait mis sa fille en pension chez sa propre mère qui habitait la campagne, en Bourgogne, à Aisey-sur-Seine.

Agnès avait grandi avec les gamins du village : randonnées en vélo, genoux couronnés, passion pour les animaux, du lapin au chien en passant par les chats errants et les oiseaux blessés, conflits de générations, besoin d'évasion, besoin d'amour surtout. Alors, le premier garçon qui avait traversé sa route s'était éloigné avec un petit morceau de son cœur. Sans se l'avouer, Agnès avait dû chercher son prince charmant, l'homme mythique, grand, fort, beau et généreux mis sur terre pour la rendre heureuse.

De déceptions en à-peu-près, elle avait volé de ses propres ailes, s'était musclée à survivre et quand Michel était arrivé, elle avait sans doute cru le reconnaître. C'était fatal qu'elle ne lui pardonne pas d'être arrivé si tard, trop tard peut-être…

Michel, d'une génération précédente, croyait encore à la famille, à une carrière, à la pérennité des goûts et des sentiments. Il avait déjà un passé et voulait organiser sa vie nouvelle. C'était sans doute ce qui heurtait Agnès. Elle se refusait d'être le dernier meuble acheté sur un coup de cœur dont on se demande bien où on va pouvoir le caser.

À trente-six ans, elle avait encore l'outrecuidance de vivre à plein temps, mais Michel avait quarante ans, l'âge dangereux où les cadres sont mis à pied, au chômage ou à la retraite. Il devait tirer sa lourde charrette où s'entassaient sa femme, ses deux fils et la nouvelle venue. Alors le rêve c'était bon le temps d'un week-end ou d'un dîner aux chandelles, pas trop souvent parce que la vie finalement ce n'est pas de la rigolade.

Tout le monde ne pouvait pas vivre comme Boris et Célia. Connaissant leurs forces et leurs faiblesses, ils avaient su mettre en valeur les unes pour compenser les autres.

En habitant la campagne, ils avaient renoncé à la survie compétitive des villes. Célia n'avait jamais cherché à préserver sa personnalité. Aimant Boris, elle avait accepté tout simplement d'être sa femme avec ce que cela comporte d'abnégations, de joies, de solitude et de philosophie sans que le mot aliénation lui soit jamais venu à l'esprit.

Boris n'avait jamais vécu pour autre chose que pour sa peinture. Le talent était venu avec le travail, puis plus tard la réussite. Non pas faite de gloire ou de succès fracassants mais d'estime. La place de plus en plus importante qu'il occupait n'était pas usurpée. Chaque échelon gravi le lui confirmait.

Tous deux vivaient harmonieusement avec la musique, la peinture, la nature, les livres et le temps surtout, le temps qu'ils avaient su protéger pour profiter de ces sages trésors.

Pensivement Boris attendait les informations de sept heures. Il ne voulait pas se faire d'opinion avant de les avoir entendues. Il devait connaître tous les détails du crime avant de laisser son imagination s'égarer vers d'irrationnelles explications.

Pourtant Michel lui-même avait avoué qu'il avait largué Agnès en pleine nuit dans la forêt et qu'il ne s'était soucié d'elle qu'une heure plus tard.

Pourquoi avait-il été à La Grande Resserre ? C'était une curieuse réaction. Volontairement Boris utilisa mentalement le mot « réaction » pour ne pas employer celui plus dangereux d'« alibi ».

À ce moment, Célia entra dans la cuisine. Comme Boris, surpris, la regardait, elle lui expliqua en se servant une tasse de café.

— Je ne pouvais pas dormir. J'ai fait des cauchemars toute la nuit.

— Pourquoi ?

Elle haussa les épaules. Personne n'est responsable de ses rêves.

— Michel ?

— Il dort, je suppose. En fait je ne le suppose pas, je le sais, il ronfle presque aussi fort que toi.

Mais il n'y avait aucune agressivité dans sa constatation. Elle la fit simplement pour prouver qu'elle ne répondait pas au hasard à sa question.

— Qu'est-ce que tu penses de tout ça ?

Elle se pencha pour embrasser le crâne de son mari, puis d'un geste machinal des doigts, lui ratissa les cheveux pour le recoiffer.

Tout en versant du lait chaud dans la gamelle du chien, elle répondit à Boris.

— L'écueil dans les passions, c'est que quand on ne s'engueule plus, on s'ennuie.

— Je me demande pourquoi ils se disputent tout le temps.

— Parce qu'on n'aime pas les gens pour eux mais pour soi.

— Qu'est-ce que tu penses d'Agnès ?

Célia tenant son bol à deux mains posa ses coudes sur la table pour boire par petites gorgées.

— Elle veut vivre son amour. C'est son premier, je crois. À son âge ce sera le dernier.

— Tu rigoles, elle a trente-cinq ans !

— Trente-six. Je ne parle pas d'aventures, chéri mais d'amour, de grand amour.

— Eh bien justement, sa vie n'est pas finie.

— Oui mais elle changera. Elle aura davantage d'exigences, moins de patience et moins d'illusions. Ele deviendra raisonnable. Ce n'est pas un état propice à la passion.

— Tu ne m'as pas répondu.

— Si. Ils s'aiment tous les deux mais pas de la même façon. Pour ton frère, elle est sa femme, sa nouvelle femme. Il ne se pose plus de questions. Le dossier est classé. Pour elle, il est toujours son amant. Elle veut qu'il le demeure. Elle n'a rien à faire d'un mari.

— Conclusion ?

— Ils ne sont pas sur la même longueur d'ondes.

— En tant que femme, comment la juges-tu ?

— Elle est intransigeante, elle a raison.

— Mais encore ?

— Elle est jolie, lucide, avec un appétit de vie rare à notre époque. C'est ton frère qui a de la chance de l'avoir.

Boris haussa les sourcils d'un air dubitatif. Célia avait sans doute raison. Chez les êtres, elles remarquait toujours leurs qualités avant leurs défauts.

— Et Michel, que penses-tu de Michel ?

Ce fut au tour de Célia de lever les sourcils.

— Pourquoi cette question aujourd'hui ?

— Sans doute parce que je n'ai jamais pensé à te la poser avant.

— Tu es son frère, tu le connais mieux que moi.

— Pas forcément, je le connais trop, je ne suis pas objectif.

Au bout d'un moment comme elle ne répondait pas, il insista.

— Donne-moi ton opinion, ça m'intéresse.

Elle prit un temps de réfexion pour être la plus précise possible.

— Je crois qu'Agnès l'a désorbité. Michel est un garçon raisonnable qui n'est pas apte à entrer de plain-pied dans la démesure d'un amour fou.

« Et puis, ajouta-t-elle comme si cette idée la traversait brusquement, je pense que ce sera pour lui une rude épreuve de partager le succès d'Agnès aux États-Unis.

— Pourquoi dis-tu ça ? Il n'est pas jaloux.

— C'est plus subtil que ça. Leurs rapports vont être faussés par la nouvelle vie d'Agnès où il n'aura forcément qu'un rôle satellite. Pourra-t-il l'admettre ? Pourra-t-elle ne pas le lui faire sentir ?

Ils finirent leur petit déjeuner en silence, puis le speaker, en reparlant du crime, donna une précision importante : la voiture était délibérément passée sur la femme pour la tuer. Ce fut le geste un peu trop brusque de Boris pour éteindre le transistor qui fit réagir Célia. En regardant attentivement son mari, elle remarqua sa pâleur. Tandis qu'elle scrutait son visage pour détecter ce qu'il lui cachait, il détourna son regard.

Tendrement, elle posa sa main sur l'avant-bras de Boris.

— À quoi penses-tu ? Dis-le-moi, je t'en prie.

Il se rendit presque aussitôt, sachant qu'il n'avait jamais pu lui dissimuler quelque chose bien longtemps.

— Au même endroit, à la même heure, hier soir, une inconnue a été assassinée.

— Et alors ?

Le silence de Boris fut plus éloquent que n'importe quelle parole. Il n'avait pas besoin de préciser davantage sa pensée. Célia comprit que son mari songeait à son frère, mais elle ne comprenait pas pourquoi il associait la dispute de son frère à un crime commis sur la route.

Parce qu'il avait besoin d'être rassuré, Boris avoua ce qui le tourmentait.

— L'avant de la Volvo est défoncé.

Tandis que Célia le regardait fixement sans répondre, il ajouta :

— Tu as remarqué la manche de sa veste hier soir ?

L'avantage avec Célia, c'est qu'elle ne se croyait pas obligée par solidarité conjugale de rassurer son mari par des démonstrations affectives dictées par un parti pris inconditionnel. Elle prenait le temps de réfléchir.

Il pouvait suivre sur son visage le cheminement de sa pensée. À son tour, il l'observait intensément, sachant qu'elle était incapable de mentir tant vis-à-vis d'elle-même que vis-à-vis des autres.

Au bout d'un long moment, elle lui fit part de sa conviction personnelle.

— Je crois Michel incapable de commettre un crime.

— Sur la colère ?

— Quelles que soient ses raisons.

Les traits de Boris se détendirent. Il avait confiance en Célia non seulement parce qu'elle était sa femme mais parce qu'elle était pondérée et que son jugement s'établissait sur des déductions, jamais sur des impressions.

— Je serais beaucoup moins catégorique sur le comportement d'Agnès. C'est une épidermique et une extravagante. Pas ton frère.

« Mais dis-moi, ajouta-t-elle après avoir pris le temps d'allumer une cigarette et de se resservir une tasse de café, pourquoi toi, as-tu fait ce rapprochement ?

Boris ne répondit pas tout de suite. Lui aussi voulait comprendre pourquoi, d'instinct, il avait eu cette réaction. Alors il répondit à la question de sa femme par une autre question.

— Te souviens-tu de ce qu'il a dit quand je lui ai demandé où il avait déchiré la manche de sa veste ?

— Je ne me souviens pas.

— Si, essaye de te le rappeler. C'était une réponse idiote. J'ai voulu la gommer tout de suite de ma mémoire. Pourquoi, pourquoi, peux-tu me le dire ?

— Attends un peu. Est-ce qu'il n'a pas parlé de son pare-chocs ? Oui, je crois bien que c'est quelque chose comme ça.

— Tu as raison ! C'est ce détail qui ne me revenait pas et qui pourtant n'a pas cessé de me trotter par la tête depuis que j'ai entendu le premier flash d'information.

— Et pourquoi, qu'est-ce que cela a de si curieux ?

— Qu'est-ce qu'il fabriquait sous sa voiture ? Il fallait qu'il soit à quatre pattes dessous pour déchirer sa manche ?

— Il a dû vouloir vérifier quelque chose.

— Que le corps était dessous ?

— Boris !

— Non je sais, c'est idiot. Mais pourquoi ne nous a-t-il pas dit que son avant avait été enfoncé ?

— Il n'y a pas pensé.

— La Volvo était intacte quand ils sont partis d'ici. Il n'y a que cinquante kilomètres pour

Villers et après Soissons c'est une route à quatre voies, alors dans quoi veux-tu qu'il emboutisse sa calandre ?

— Es-tu certain de ce que tu avances ?

— On a bavardé devant le portail pendant qu'Agnès s'installait dans la Volvo. Elle était garée face à nous. Elle n'était pas accidentée alors.

— Voyons, il y a sans doute une explication. Il faut en parler à Michel dès qu'il se lèvera.

— Non !

Célia regarda son mari plus attentivement.

— Pourquoi dis-tu non ?

— Je ne pourrais pas supporter qu'il croie qu'on doute de lui.

— Mais c'est ce que tu fais en ce moment !

— Ce n'est pas de lui que je doute mais de mon jugement qui me fait toujours prendre son parti. Inconditionnellement. Aujourd'hui, c'est trop grave. Je dois savoir.

— Pourquoi ?

— Pas pour le juger, en tout cas.

Malgré lui, d'instinct, il baissa la voix pour ajouter :

— Il faut que je sache la vérité parce que s'il a besoin d'aide, il faut que je puisse lui en apporter.

— Voyons, chéri, tu ne vas pas bâtir un roman sur une coïcidence.

— Agnès est sans doute rentrée chez eux.

— Elle n'y était pas quand il l'a appelée.

— Elle y est peut-être maintenant. Je vais téléphoner.

Boris ne fit aucun geste pour empêcher sa femme de sortir de la cuisine. En attendant son retour, il alluma une cigarette et caressa machinalement la tête de Prince Igor posée sur son genou, mais il bandait toute sa volonté pour qu'aucun son ne lui échappât. Il entendit le léger bruit de crémaillière quand Célia forma le numéro mais il ne perçut pas celui des sonneries. Par contre, au bout d'un long silence, il reconnut le heurt de l'écouteur qu'elle reposait sur son socle puis le bruit caractéristique de ses savates qui claquaient sur le dallage.

Sur le pas de la porte, Célia précisa :

— Agnès n'est pas chez eux mais ça ne prouve rien. Elle a voulu se venger. Elle est chez une amie.

— Alors qu'est-ce que tu comptes faire, attendre qu'elle refasse surface ?

Au passage, Célia apprécia que son mari, comme tous les maris du monde d'ailleurs, trouvait tout à fait normal que sa femme prît la situation en main quand elle lui échappait.

— Il me semble que le plus raisonnable serait de parler calmement à Michel.

— Pour lui dire quoi ? Que sa femme n'est pas à la maison et qu'il nous explique un peu où il a bousillé sa voiture ?

— Alors qu'est-ce que tu proposes ?

— Je n'en sais rien. Il faudrait peut-être attendre les prochaines informations.

— Michel ne va pas dormir jusqu'à ce que tu saches à quoi t'en tenir. Tu ferais mieux d'aller à la gendarmerie.

— Quoi faire ?

— Reconnaître le corps.

L'idée de passer de l'abstraction à l'acte parut contrarier Boris qui ne se voyait pas doué pour jouer les détectives.

— Mais sous quel prétexte ?

— Tu habites la région. Après tout, il s'agit peut-être de quelqu'un que nous connaissons. Personne ne te tiendra rigueur de faire ton devoir de citoyen.

— Et quand il se réveillera…

— Je serai là, nous bavarderons. Quoi d'étonnant à ce que tu sois sorti faire des courses !

— Tu crois ?

— Je ne vois pas d'autres solutions. Il faut que tu y ailles. Je ne veux pas que tu laisses grandir tes suspicions. En voyant le corps tu le reconnaîtras.

— Bon… Bien ! Tu as peut-être raison.

Comme sa femme ne répondait pas, il ajouta sans trop y croire :

— Tu ne viendrais pas avec moi par hasard ?

Elle lui sourit comme à un enfant capricieux :

— Je sais que c'est une démarche inutile mais je ne veux pas que tu laisses de vilaines pensées prendre corps. Il n'y a pas d'autre moyen de t'en débarrasser que d'aller voir sur place. Alors fais-le !

— Maintenant ?

— Oui, avant qu'il ne se réveille.

— Mais il le sera peut-être avant mon retour.

— Eh bien tant mieux, nous pourrons parler. Et s'il a besoin de se confier, il le fera plus facilement à une femme qu'à son frère.

— Tu crois ?

— Dépêche-toi et ramène-moi un gigot en revenant, et des fromages, comme ça tu ne te seras pas dérangé pour rien.

En passant devant elle, il l'embrassa pour la remercier de la confiance qu'elle portait à Michel et de sa façon simple de dédramatiser la situation.

Elle lui rendit son baiser et le poussa doucement vers la porte.

4

Lundi

Dans sa 604, Boris avait branché la radio mais il ne l'écoutait pas. Troublé par des sentiments divers, il était en fait de mauvaise humeur. Contre lui-même d'abord parce que par égoïsme foncier, il avait dû bousculer les plans de sa journée pour donner la priorité aux affaires de son frère et surtout parce qu'il était incapable d'avoir une opinion qui ne soit pas partisane sur Michel.

Il s'était réveillé le matin bien résolu à travailler sur une toile qui lui tenait à cœur. Et il devait courir les routes pour jouer les détectives d'opérette. Ne se sentant aucune disposition pour cet emploi, il appréhendait le pire, craignant d'être maladroit par excès de scrupules.

À part leurs liens de sang et leurs souvenirs communs, ils ne se connaissaient pas très bien. Boris allait déjà à l'école à la naissance de Michel. Il avait pour son cadet l'affection bourrue et protectrice de l'aîné, mais ensemble, ils n'avaient partagé ni les jeux ni les secrets. Ils se fréquentaient de manière intermittente depuis une dizaine d'années et presque régulière depuis que Michel s'était séparé de Margot. Certains de leurs amis avaient opté pour la femme délaissée, les autres s'étaient faits de plus en plus rares, non pas parce qu'ils trouvaient Agnès antipathique mais parce que l'existence du nouveau couple ne correspondait plus à leur propre mode de vie.

À la suite de cette mise à l'index, Michel s'était rapproché de son aîné. Les deux femmes étaient tout de suite devenues complices. Ensemble, ils passaient presque tous leurs week-ends.

Était-il possible que Michel ait tué Agnès ?

L'instinct de Boris criait non. Très fort. Trop fort !

Pour que le frère aîné puisse porter une aide efficace à son cadet, Boris ne devait pas se laisser aveugler par son affection. Il devait réfléchir froidement et se souvenir même avec répugnance de certaines scènes particulièrement violentes où l'écho de leurs bagarres l'avait alarmé. Le couple n'utilisait pas que les mots pour se faire mal. Les coups soulignaient parfois leur hargne réciproque. Chacun prétendait, selon les circonstances, s'être cogné contre une porte pour justifier un coquard, à l'œil, difficile à camoufler.

Agnès était sans doute la plus perfide. D'instinct, elle trouvait le mot flèche, celui qui fait mal et laisse d'inguérissables blessures. Quoi d'étonnant dans ces conditions que Michel, poussé à bout, ait voulu la faire taire définitivement ?

Au fur et à mesure que Boris se rapprochait de Villers-Cotterêts, il s'interrogeait avec inquiétude sur la façon de procéder pour soutirer des renseignements à la maréchaussée sans éveiller ses soupçons.

Il ressentait une certaine forme de trac en pénétrant dans la gendarmerie qui ne se différenciait des autres maisons que par son drapeau français au-dessus de l'écusson républicain.

Il dut décliner son identité et son adresse à un gendarme qui sortit un mince dossier du tiroir d'un bureau. Sans un mot, il l'ouvrit et tendit des photos à Boris.

À la place du visage, un magma de chair suppliciée sous des croûtes brunes. Des esquilles d'os broyés hérissaient la peau qui paraissait noire. Des rigoles de sang séché serpentaient de la cavité orbitale d'où pendait un œil retenu par un filament nerveux.

Boris enregistra cette boucherie qui semblait due à l'explosion d'une grenade.

À la fois fasciné et horrifié, Boris examina lentement les autres photos.

Sous les mutilations, le corps était devenu une chose indécente et monstrueuse.

Boris porta la main à sa bouche pour étouffer un renvoi de café au lait.

La fille devait être jeune d'après son ventre plat et ses seins ronds et fermes. Mais le reste, oh ! le reste ! Boris sut qu'il ne pourrait jamais chasser de son souvenir l'horreur de ce spectacle.

— Alors ? demande le gendarme.

Boris haussa les épaules pour avouer son incompétence.

— Vous parlez d'un salaud ! La mettre dans cet état !

Le gendarme referma le dossier sur ce qui, hier encore était un être vivant avec un passé, un avenir, des projets et des souvenirs.

— Où est-elle ? s'enquit Boris.

— À Soissons, à la morgue pour autopsie. Reconnaissez-vous la victime ?

Boris secoua la tête. Non, il ne la reconnaissait pas. Mais sans doute n'aurait-il pas reconnu non plus le corps de Célia si l'assassin lui avait fait subir le même traitement ?

Boris dut signer sa déposition. Il n'identifiait pas le cadavre. Il n'avait rien de particulier à déclarer. Il n'avait eu aucune idée préconçue en se rendant à la gendarmerie. Il faisait acte de civisme, sans plus.

En échange, il apprit qu'il n'y avait encore aucun suspect. L'enquête ne faisait que démarrer. Le fait que le crime ait été perpétré sur la route ouvrait le champ à toutes les suppositions. Il y avait même beaucoup de chances pour que bourreau et victime soient étrangers à la région, sans quoi on n'aurait pas retrouvé le cadavre sur la nationale.

La voiture serait sans doute identifiée d'abord par les traces de pneus et parce que le chauffard ensuite serait obligé de la faire réparer.

Les gendarmes avaient alerté la brigade de recherches qui dépendait du chef-lieu, donc de Laon.

Le fait que la victime fût entièrement nue incitait le gendarme à croire qu'il s'agissait d'un crime passionnel.

— Avait-elle été dépouillée avant ou après le crime ? demanda Boris.

Avant sans doute car au premier examen, on n'avait retrouvé aucune trace de tissu dans les plaies mais des traînées de poussière mêlée au sang séché. Seul le médecin légiste pourrait affirmer si la fille avait été violée, ou si elle était enceinte. Et il pourrait déterminer l'heure de sa mort de façon précise bien qu'elle soit déjà évaluée aux environs de trois heures du matin.

Boris écouta ces renseignements abominables dans un état de grande confusion et il éprouva le besoin de marcher en sortant de la gendarmerie pour aspirer un peu d'air frais.

Machinalement, ses pas le portèrent à La Grande Resserre, où il entra pour boire un Glen Deveron au bar et reprendre un café.

Curieusement cette démarche qui devait être déterminante lui laissait une sensation de malaise. Comment un homme avait-il pu commettre un crime d'une telle violence ? Et de quelle sorte d'homme s'agissait-il ? Un mouton devenu enragé sans doute. Un homme fort ne se serait pas acharné sur sa victime en passant et en repassant sur elle avec sa voiture. Au premier cahot, il aurait retrouvé son sang-froid. Pourtant, le fait qu'il l'ait dépouillée avant de la tuer prouvait la préméditation. À moins qu'il n'ait voulu la violer, mais il n'avait aucune raison de la mettre totalement nue pour le faire. Ils s'étaient sans doute bagarrés et il lui avait arraché ses vêtements parce qu'elle avait tenté de lui échapper et que pour la rattraper, il s'était cramponné à ses basques.

Inconsciemment, Boris faisait concorder les circonstances du crime avec les réactions probables de Michel. Il aurait pu faire ceci... Il aurait pu faire cela... Et à chaque supposition, les dents de l'engrenage en mordant entraînaient un moteur redoutable, celui du doute. Michel n'était pas un sadique mais un faible. Il était tout à fait capable de se laisser déborder par la colère. Leurs scènes de plus en plus violentes le prouvaient. Ni lui ni Agnès n'étaient maintenant en mesure de se dominer en public.

Apercevant l'appareil téléphonique posé au bout du bar, Boris n'écoutant que son instinct quitta son tabouret et d'un pas apparemment nonchalant s'approcha du téléphone. La patrone qui sortait de l'office lui demanda s'il préférait appeler d'une cabine. Boris refusa d'un signe de tête. Il était certain de ne pas trouver d'interlocuteur à l'autre bout du fil. Pourtant, par acquit de conscience, il forma le numéro de Michel sur le cadran et attendit en allumant une cigarette, plutôt pour se donner une contenance que par besoin de fumer. Les sonneries libres se dévidèrent lentement comme les dizaines d'un chapelet. Au bout de la onzième, il reposa l'appareil sur son socle et lentement revint se jucher sur son tabouret.

Derrière son comptoir, la patronne l'observait avec curiosité probablement parce qu'il était seul au bar et qu'elle ne le connaissait pas. Mû par une idée subite, Boris lui demanda :

— Vous n'auriez pas trouvé un briquet, par hasard ?

— Vous avez perdu votre briquet ?

— Pas moi, mon frère. Il l'a oublié chez vous hier soir, j'habite à côté, je suis venu voir.

— Qui est votre frère, c'est un de mes clients ?

— Oh ! occasionnel. Il est arrivé assez tard. Il était seul. Il attendait son amie qui venait de Belgique, mais elle lui a posé un lapin je crois.

Et il ajouta pour surprendre sa réaction :

— Il a commandé une bouteille de champagne, il n'y a pas touché.

La patronne eut un petit sourire qui ne s'adressait pas à lui mais qui soulignait la pensée qui la traversait à cet instant.

— Voulez-vous que je la fasse apporter ? Elle est réglée.

D'un geste de main, Boris repoussa cette proposition. Il n'évoquait la bouteille que pour situer le client.

— Il est parti vers deux ou trois heures du matin, je suppose que vous avez dû fermer derrière lui.

— En effet, je me souviens. Mais je n'ai pas trouvé de briquet. C'est moi qui l'ai servi. Je m'en serais aperçue après son départ.

— Un Dunhill en argent ?

— Pas même un Cricket, répondit-elle en affichant cette fois un sourire commercial.

— Eh bien tant pis, ce n'est donc pas chez vous qu'il l'a perdu.

— Vous habitez Villers ?

— Non, les environs.

— Je ne vous ai jamais vu.

— J'ai une maison, je sors peu.

Comme elle ne perdait jamais le nord, elle lui tendit une carte de son auberge.

— J'ai un nouveau chef de Paris. Si vous avez un dîner d'affaires, pensez à moi. Avec la déviation, on a perdu beaucoup de clients. Heureusement que j'ai des habitués, ajouta-t-elle plus pour elle que pour lui.

Boris parcourut la carte d'un œil indifférent avant de l'enfouir dans la poche de son veston.

— Je vous offre quelque chose, monsieur… ?

— Loubiakov.

Il ne savait pas pourquoi, mais, en cette minute, Boris était content d'avoir choisi le nom de jeune fille de leur mère pour faire carrière dans la peinture. Leur patronyme n'ayant pas été prononcé, Michel resterait en dehors du coup si jamais il devait y avoir une suite à cette affaire.

— Un autre scotch si vous voulez.

Tandis que la patronne attrapait sa bouteille de Glen, Boris poussait intérieurement un soupir de soulagement. Pour la première partie du programme du moins, Michel n'avait pas menti. Cela bien sûr ne l'innocentait pas pour la deuxième partie, de loin la plus importante.

Avec une diplomatie qu'il ne se savait pas posséder, Boris rebrancha la conversation sur la déviation de Villers-Cotterêts pour faire parler la patronne qui se lança comme il s'y attendait dans un long exposé inintéressant. Dès que le sujet lui parut épuisé, il amorça celui qui lui tenait à cœur.

— À propos, commença-t-il comme on le fait toujours quand on change de conversation, il y a eu un crime près de chez vous. J'ai entendu cela en voiture à la radio.

— Oui, moi aussi, ça s'est passé à hauteur de l'embranchement direction Paris, paraît-il. Cela va sûrement m'amener quelques curieux au bar. Des gens du pays malheureusement qui resteront une heure devant une bière ou un Martini.

— Vous aurez peut-être des journalistes de Paris.

— Pensez-vous ! Plus personne ne se dérange pour un crime en province. Il n'y a plus que les enlèvements qui amusent encore un peu les gens et à condition que ce soit des célébrités, sinon...

— Tout de même, on va en parler. La fille n'a pas été identifiée paraît-il.

— Ce doit être encore des jeunes. Tous des voyous à notre époque. Quand ils n'attaquent pas les vieux, ils se droguent.

— Peut-être mais ce n'est pas tellement dans leur style de tuer une femme en l'écrasant avec une voiture.

Elle haussa les épaules d'un air de doute.

— C'est peut-être une fille de Villers.

— Peut-être.

— Qu'est-ce que vous en pensez ?

— Comment voulez-vous que je le sache ? Il y a une heure qu'ils l'ont annoncé. Et puis les crimes, moi ça ne m'intéresse pas. Je trouve ça indécent.

— Indécent ? Comment ça ?

— Oui, on fouille dans le passé des gens. On interroge des voisins. Tout le monde en profite pour régler ses comptes. La victime meurt deux fois, d'abord sous les coups de l'assassin, après sous ceux du scandale.

Bien que cette conversation débouchât sur une impasse, Boris ne pouvait s'empêcher de partager le point de vue de la patronne, du moins dans une certaine mesure.

— Vous avez raison mais cela fait un drôle d'effet de penser qu'il s'agit peut-être de quelqu'un qu'on connaît.

— Dans huit jours on n'en parlera plus. À moins que l'assassin se dénonce lui-même, mais il doit être loin à l'heure actuelle.

Comme Boris levait un sourcil étonné, elle ajouta :

— S'il était en voiture, il y a belle lurette qu'il a dû passer la frontière. Si ça se trouve, c'était peut-être un Belge ou un Luxembourgeois, ça défile sans arrêt, les étrangers ici. Ils n'ont pas d'autre route pour rentrer chez eux.

— C'est bien possible ce que vous dites !

Voyant qu'il ne pourrait en tirer davantage et qu'en restant plus longtemps, il risquait de trop éveiller sa curiosité, il régla ce qu'il devait et sortit.

Il remonta dans sa voiture et quitta Villers. Mais juste à l'embranchement, il se gara sur le bas-côté de la route et traversa la chaussée.

Il n'eut pas à chercher. Sur le sol, on avait dessiné à la craie l'emplacement du corps, l'herbe était écrasée sur une certaine distance. Et en s'approchant de la borne, il vit qu'elle était à moitié démolie. En se penchant pour l'observer de plus près, il distingua de profondes éraflures dans la pierre. Il y avait même de légères traces de peinture bleu turquoise, la couleur de la Volvo de Michel. Si Boris avait repéré ce détail, les gendarmes n'avaient certainement pas manqué de le remarquer aussi. Et ils avaient dû en relever d'autres que le peintre ne voyait pas, des preuves matérielles peut-être aussi déjà classées dans des dossiers comme pièces à conviction.

Le peintre se releva. Il ne devait pas s'attarder sur les lieux du crime. Il risquait de s'y faire repérer et de devoir répondre ultérieurement de sa curiosité intempestive. Déjà la circulation devenait moins fluide mais les voitures avaient pris heureusement de la vitesse dans la ligne droite. Tous les conducteurs se rendaient à leur travail et ils n'avaient pas trop de temps à consacrer à la flânerie. Vu de leur place, Boris n'était qu'un piéton anonyme, un individu, autant dire : rien.

Il profita d'un ralentissement dans la circulation pour traverser et remonter dans sa voiture.

En roulant, il se demandait pensivement pourquoi Michel était revenu chez eux au lieu de retourner à Paris, retrouver Agnès. De plus, le crime avait eu lieu sur la voie de droite, celle qui menait à la capitale. Il ne pouvait s'empêcher de songer que si Michel était retourné chez son frère, c'était pour y trouver une sorte de caution dont il n'aurait eu que faire s'il avait été innocent.

5

— Alors ? demanda Célia.

— Méconnaissable, ça pourrait être n'importe qui, n'importe quelle fille jeune en tout cas.

— Tu lui as parlé ?

— Il n'est pas encore descendu.

— Pas réveillé ?

— Il n'est pas dix heures, laisse-le dormir.

— Agnès n'a pas téléphoné ?

— Non.

— Tu as essayé d'appeler ?

— Oui, mais ça ne prouve rien.

— Comment expliques-tu qu'il dorme encore après ce qui s'est passé ?

— Ce n'est jamais qu'une dispute de plus à leur actif.

— Il y a eu ce crime.

— Pourquoi veux-tu que ça le concerne ?

— Je ne sais pas, mais je me sens comme un chat avant l'orage.

— Mais le cadavre, tu l'as vu ?

— Les photos oui. Je ne suis pas prêt d'oublier ça ! J'ai failli vomir.

— Pourtant, les cheveux, les mains, il y a toujours des détails.

— Les cheveux étaient poisseux de sang. Le corps était mutilé, un œil énuclé. Je n'avais qu'une hâte : ficher le camp.

— Il faut attendre.
— Quoi ? Qu'on vienne le cueillir ici ?
— Non, qu'il se réveille pour que tu lui parles.
— Célia !
— Oui ?
— J'ai une mauvaise impression.
— Ne sois pas stupide.
— C'est quoi pour toi, un assassin ?
— Un malade.
— Non, c'est quelqu'un comme toi et moi face à une situation inextricable. Personne ne choisit de tuer délibérément. Les assassins y sont contraints par les événements, quitte à le regretter toute leur vie par la suite.
— Voyons, Boris, il s'agit de ton frère.
— Où est Agnès ?
— Elle a fait du stop. Elle est peut-être restée, pour se venger, avec le type qui l'a emmenée.
— Tu l'aurais fait, toi ?
— Peut-être...

Célia avait répondu trop vite. Boris regarda sa femme moins choqué que surpris par sa réponse. Ainsi, elle qu'il croyait si bien connaître pouvait aussi avoir des zones d'ombre qu'il ne soupçonnait pas.

Après vingt ans de mariage, elle admettait en toute bonne foi qu'elle pourrait prendre un amant pour se venger de son mari et le punir. Partant de ce principe, elle pouvait donc le tromper pour toute autre raison, le plaisir, l'ennui, la curiosité.

Il lui jeta un regard aigu mais Célia avait déjà verrouillé la porte entrebâillée sur ses secrets. Son attitude paisible et déterminée prouvait qu'elle ne laisserait jamais personne forcer ses défenses.

Boris poussa un soupir. Il avait trop de problèmes pour se livrer à une introspection supplémentaire.

À ce moment, ils entendirent la voiture du facteur s'arrêter devant le portail. Prince Igor qui la reconnaissait ne se donna pas la peine d'aboyer.

Perdu dans ses pensées, Boris ne bougea pas. Vaguement, il s'aperçut que Célia se levait pour aller chercher le courrier.

Il avait envie d'aller réveiller Michel pour vider avec lui l'abcès qui ne cessait de s'infecter.

Il ne pouvait pas penser à autre chose qu'au crime, or il avait envie de travailler, envie et besoin comme un drogué qui souffre du manque.

En rentrant, Célia jeta sur la table trois lettres adressées à son mari et ouvrit celle qui la concernait.

Boris décacheta l'enveloppe qui venait d'Angleterre.

— Tiens, dit-elle, les Moreau ont eu une fille : Noémie, c'est un joli prénom, tu ne trouves pas ?

— Le cocktail pour la presse est fixé au 23. Il faudrait partir mercredi pour Londres. Qu'est-ce qu'on va faire ?

En souriant, Célia répondit :

— Eh bien, on partira mercredi. Rien ne s'y oppose.

— Mais…

— D'ici mercredi, tout s'arrangera, ne te fais pas de soucis.

Boris eut une moue sceptique qui prouvait bien qu'il n'en était pas si sûr.

Une porte s'ouvrit à l'étage. Michel enfin réveillé allait descendre.

Célia se leva pour refaire du café mais en passant devant son mari, elle le regarda avec tendresse et lui recommanda en souriant :

— Parle-lui mais surtout ne l'interroge pas.

Les pas de Michel résonnaient sur l'escalier de bois. Il entra quelques minutes plus tard, rasé et coiffé. Il avait juste les yeux un peu bouffis d'avoir trop dormi. Il souriait.

— Asseyez-vous, le café sera prêt dans une minute.

— Comment ça va ce matin ? demanda Boris sans se compromettre.

— J'ai voulu me lever, vers six heures mais je me suis rendormi comme une brute. Je ne sais pas ce que j'ai en ce moment, je suis crevé !

— Tu as une vie trop agitée.

— Ça, tu l'as dit !

Michel attrapa le sucrier sur la table tandis que Célia lui versait du café brûlant dans un bol.

Boris observait avidemment son frère comme s'il avait pu détecter sur son visage un signe susceptible de le rassurer.

Avec une diplomatie toute masculine, il entra dans le vif du sujet.

— Ta veste était déchirée, je crois bien, hier soir, veux-tu que Célia y fasse un point ?

— C'est gentil mais je ne voudrais pas vous ennuyer répondit Michel en s'adressant à sa belle-sœur.

— Je vous en prie, c'est bien naturel.

— Comment t'es-tu déchiré au fait ?

Célia émit une petite toux de circonstance destinée à mettre en garde son mari contre la façon maladroite dont il entamait un entretien délicat.

— Après le butoir du pare-chocs, j'avais peur d'avoir…

À ce moment, le téléphone sonna. Célia saisit l'occasion pour éloigner son mari.

— Va répondre, Boris, sois gentil.

Boris sentant qu'il avait gaffé n'insista pas et se leva. Célia poussa vers son beau-frère le pain et le beurre.

— Nous devons être à Londres merdredi, ce serait gentil de rester avec nous jusqu'à notre départ.

— Mais Agnès...

— Elle saura où vous êtes, ne vous inquiétez pas.

— Je ne voudrais pas abuser.

— Nous sommes votre famille.

— Je suis désolé de vous causer tous ces soucis.

— Quels soucis ?

Michel haussa les épaules et fit un geste vague de la main censé englober un ensemble de choses.

— Nous vous aimons. Nous serons toujours là dans les moments difficiles, vous le savez j'espère.

À ce moment, Boris rentra.

— C'est pour toi, dit-il à sa femme, les Delvaut, ils téléphonaient pour faire un bridge. Je leur ai dit qu'on n'avait pas le temps avant notre départ.

— C'est bon, j'y vais. Prenez de la confiture, Michel, c'est celle que vous aimez, au gingembre.

Les deux frères restèrent seuls. Boris se resservit une tasse de café.

— Je suis comme Balzac moi, je carbure au café.

— Tu en bois trop !

— Et je fume trop, je sais. Il n'y a que pour la bagatelle que ça ralentit un peu.

Tout en se beurrant une tartine, Michel constata en souriant :

— T'es pas le seul, rassure-toi.

— Comment ça va avec Agnès ?

— Mal !

— Vous parlez séparation ?

— Elle est invitée à New York. Et puis après ce sera Hollywood pour son film.

— Tu la suivras ?

— Je ne suis pas invité, moi !

— Tu peux y aller à tes frais.

— En prince consort, non merci !

— Alors ?

— Alors je ne sais pas. J'ai tout fichu en l'air à cause d'elle et à cause d'elle à nouveau, tout est fichu en l'air.

Boris observa son frère attentivement. Qu'avait-il voulu dire en prononçant cette dernière phrase ?

— Alors, que comptes-tu faire ?

Michel haussa les épaules sans répondre. Il mastiquait lentement, les yeux fixés sur son bol de café.

— Reste ici jusqu'à notre retour d'Angleterre. Repose-toi.

— Et Agnès ?

— Oui, Agnès, c'est vrai ! remarqua pensivement Boris.

— Pour toi, elle est déjà sortie de ma vie, hein !

Les deux frères préoccupés par des pensées bien différentes s'observaient avec curiosité.

— Dans le fond, tu m'en as toujours voulu d'avoir plaqué Margot ?

— À vrai dire, non. Je regrette mes neveux mais tu avais gagné au change.

— « Tu avais » ?

— Ben oui, dit Boris en se rattrapant maladroitement, il y a plus de cinq ans de ça !

— Alors il y a prescription, c'est bien ce que tu as voulu dire ?

— Vous n'êtes pas complémentaires, comme dirait Célia mais plutôt en compétition permanente, non ? Ce doit être épuisant de remettre son titre en jeu trois fois par jour ?

— Plus que tu ne crois !

— Qu'est-ce qui s'est passé hier soir ?

— Bof ! comme d'habitude, les reproches, le fiel, la litanie, j'en ai eu marre !

Brusquement le cœur de Boris lui fit mal. Tout lui semblait préférable à la vérité. Soudain, il ne souhaitait plus affronter cette responsabilité.

— On s'est engueulés. Je l'ai larguée dans la forêt de Retz.

— À quelle hauteur ?

— Près de l'embranchement de Paris.

— Comment as-tu enfoncé ta calandre ?

Michel adressa un petit sourire à son frère.

— Pas parce que j'étais saoul en tout cas mais plutôt en rogne. Je suis entré dans une borne en recherchant Agnès.

— Et la manche de ta veste ?

— J'ai cru que j'avais crevé mon radiateur. Je me suis mis à quatre pattes pour voir s'il n'y avait pas de fuite, je me suis déchiré dans le butoir du pare-chocs.

— Pourquoi tu ne me l'as pas dit ?

— Eh bien dis donc, c'est un interrogatoire en règle !

— T'es bête !

À ce moment, Célia rentra dans la cuisine.

— Vous devriez vous installer dans le salon tous les deux. Vous n'allez pas passer votre journée dans la cuisine. Et puis, de toute façon, si vous voulez déjeuner, il va falloir me laisser la place.

— Tu devrais lui réparer la manche de sa veste.

— C'est vrai j'oubliais. Je peux la prendre dans votre chambre ?

— Bien sûr, mais je peux aller la chercher.

— Restez donc bavarder avec Boris.

— On n'a pas de secret vous savez.

Sans tenir compte de la présence de Célia, Boris enchaîna.

— Je me demande si tu ne devrais pas prévenir la gendarmerie.

Étonné, Michel dévisagea son frère.

— Et de quoi veux-tu que je la prévienne ?

— De la disparition d'Agnès.

— Non, mais tu parles sérieusement ?

— Ça ne t'inquiète pas qu'elle ait disparu ?

— C'est une fugueuse, elle me fait le coup trois fois par mois.

— Hier ce n'était pas tout à fait la même chose.

— En quoi c'était différent ?

— C'est toi qui l'as larguée, tu l'as reconnu toi-même.

— Elle avait à peine cinq cents mètres à faire pour me rejoindre à La Grande Resserre. C'était le seul endroit où elle pouvait aller à cette heure-là.

— À moins de faire du stop.

— À moins de faire du stop évidemment !

— Le fait qu'elle ne soit pas rentrée chez toi ne t'inquiète pas ?

— Tu veux que je te dise ce que je pense ? Eh bien, elle a fait du stop et pour peu que le gars qui l'a chargée ne soit pas trop moche, elle l'aura suivi.

— Tu ne crois pas sincèrement ce que tu dis ?

— Ce ne serait pas la première fois qu'elle me ferait le coup. C'est de ma faute, paraît-il. Si je n'étais pas un sale type, ça ne m'arriverait pas. Agnès dixit.

— Bon admettons, mais si elle se venge, ce n'est pas pour autant qu'elle refait sa vie avec le type.

— Qu'est-ce que tu veux dire !

— Au matin, elle aurait dû retourner chez toi.

— Quand elle me plaque pendant trois jours, je suis bien obligé de feindre de croire ses explications, sinon il y a belle lurette qu'on aurait fait naufrage.

— Et vous, l'avez-vous trompée ? demanda Célia qui se mêla brusquement à la conversation alors qu'elle n'avait rien dit jusqu'ici.

— Si vous appelez tromper, tromper son ennui avec une fille un soir de déprime, alors oui, je l'ai trompée.

— Vous n'avez pas l'impression que c'est la même chose pour elle ?

— Si bien sûr, je suis moderne, je comprends tout mais je crois aussi que le cinéma de la femme n'est pas branché sur ses sens. Il partait autrefois du cœur, aujourd'hui ce n'est peut-être que de la tête. Quoi qu'il en soit ce n'est pas la fonction qui compte pour elle mais l'intention et c'est pourquoi à mes yeux, la faute n'est pas vénielle.

— Ce que vous êtes rétrograde ! ne put s'empêcher de constater Célia.

— Parce que je ne suis pas de votre avis ?

— Parce que vous restez un macho. Comment voulez-vous que les hommes et les femmes se comprennent avec des principes aussi périmés ?

— Vous lui donnez raison ?

— Personne n'appartient à personne. Faire don de soi-même, ce n'est jamais qu'un prêt, et hypothécaire encore ! Pour moi, la fidélité, ce n'est qu'une façon de mettre une majuscule au mot habitude. Non, mais franchement, pourquoi la femme serait-elle plus fidèle que l'homme ? Je vais vous le dire : parce que la femme est adulte bien plus tôt que l'homme et qu'elle se lasse avant lui de rechercher le mouton à cinq pattes. À la troisième ou quatrième expérience, elle a compris que les bonshommes pouvaient se succéder mais que les problèmes resteraient. Ils changeraient de nom, c'est tout. De Robert, ils deviendraient Paul puis Jacques, puis Roland. Alors elle reporte ses pôles d'intérêt sur des sujets moins fluctuants.

« Tandis que l'homme, plus il vieillit, plus il s'accroche à ses rêves. Sa dernière conquête ressemble à la première. Elle a le même visage, la même silhouette et le même âge, surtout. Alors qu'il perd ses cheveux et prend du ventre, il compense une séduction caduque par une voiture de sport de plus en plus puissante chaque année et il en déduit que les autres changent, sauf lui.

— Eh bien, dis donc, toi, je ne te savais pas si agressive.

— Parce que je ne parle jamais, mon chéri ! J'ai appris à me taire puisque je t'aime.

— Ne l'écoute pas. Elle a un faible pour Agnès. Elle reporte sur elle ses frustrations maternelles.

— Ce n'est pas à toi de dire cela, Boris. Tu sais bien que je n'ai jamais voulu d'enfant. J'ai eu assez de mal à me débrouiller pour ne pas en avoir avant la miraculeuse pilule.

— Bon, ne t'énerve pas mais reconnais simplement que tu as pour Agnès le comportement d'une sœur aînée vigilante et affectueuse. Ai-je été assez diplomate cette fois ?

— Je ne cherche pas à excuser Agnès mais à la justifier, c'est tout. Pourquoi ne lui pardonneriez-vous pas ce que vous vous accordez si généreusement à vous-même ?

— Quoi par exemple, chère belle-sœur ?

— Le droit aux aventures, aux dîners d'affaires, aux voyages d'affaires, à tous les prétextes bidons que vous évoquez pour poursuivre une vie parallèle. De votre part, c'est le fait du prince. Vous êtes des hommes, que diable ! De notre part, c'est du vice. Non, je ne marche pas, c'est trop facile.

« Si une femme amoureuse cède à un autre homme, c'est parce qu'elle est blessée, parce qu'elle a mal et qu'elle s'autodétruit par masochisme.

Célia se tut brusquement devant l'air goguenard des deux hommes.

— Vous ne me croyez pas ?

— Tu as déjà vu une femme qui ne se donnait pas le beau rôle ? demanda Boris à son frère.

Il semblait que ce petit intermède imprévu avait détendu l'atmosphère. Visiblement les deux hommes n'y attachaient aucune importance. Ils affichaient une expression aussi affectueusement indulgente que quand une femme explique en n'y comprenant rien pourquoi le moteur de sa voiture est tombé en panne.

— Alors selon toi si je comprends bien, on ne bouge pas, on attend patiemment le retour d'Agnès. Et si par hasard, elle a levé l'ancre pour deux ou trois jours avec un VRP de la région, on se console en pensant que c'est sa manière à elle de donner une preuve supplémentaire d'amour à Michel.

— Je n'ai jamais compris pourquoi les hommes nous demandent notre avis puisqu'ils n'en font toujours qu'à leur tête.

— Pas toujours, Célia. Moi je trouve que vous êtes une femme merveilleuse. Non seulement je tiens compte de ce que vous dites mais je reconnais en toute humilité que vous avez raison bien souvent.

— C'est fou l'admiration que l'on porte aux femmes que l'on n'aime pas !

— Enfin, Célia, je ne t'ai jamais vue comme ça. Toi qui est si tolérante ordinairement ! On a droit à un véritable règlement de comptes. Avoue que ce n'est guère le moment.

— Tu as raison. Pardonnez-moi tous les deux, mais je suis inquiète, c'est ce qui me rend nerveuse.

— À cause d'Agnès ? demanda Michel.

— À cause d'Agnès, oui !

Michel dévisagea attentivement son frère et sa belle-sœur. Il semblait tout à coup qu'une gêne planait entre eux trois. Il avait la sensation désagréable d'être en dehors du coup. Eux deux savaient quelque chose que lui ignorait. Et sans doute depuis qu'il était descendu pour le petit déjeuner, cherchaient-ils le moyen l'un et l'autre de lui faire partager leur secret tout en le ménageant ?

Une sourde appréhension l'empêcha brusquement de parler. Son regard allait de l'un à l'autre pour détecter lequel se déciderait le premier à prendre l'initiative de déclencher le drame. Le regard de Célia fuyait le sien, celui de Boris n'osait pas se dérober, ce fut donc à son frère que Michel demanda :

— Qu'est-ce que vous me cachez tous les deux ? J'ai le droit de savoir. Parle !

— Quoi qu'il arrive, commença prudemment Boris, il faut que tu saches que tu n'as rien à craindre avec nous. Nous prenons d'ores et déjà ton parti. Inconditionnellement !

— Mais Bon Dieu, vas-tu cesser de parler par énigmes. De quoi s'agit-il ?

Alors sans regarder son frère, Boris se jeta à l'eau.

— Une fille a été assassinée hier soir à l'entrée de Villers-Cotterêts.

— Qui ? hurla Michel.

Boris haussa les épaules en signe d'ignorance mais son regard évita celui de son frère qui ne fut pas sans remarquer son air gêné.

Michel se tourna vers sa belle-sœur et la regarda droit dans les yeux.

Lentement elle détourna son regard et baissa la tête.

— Bon Dieu ! murmura Michel en s'affaissant sur le dossier de sa chaise.

6

Le premier, Michel reprit la parole.

— Pourquoi ne me l'avez-vous pas dit quand je suis descendu ?

Le peintre et sa femme s'abstinrent de répondre. Ils ne savaient quoi dire.

— Il s'agit d'Agnès ? Eh bien répondez, c'est Agnès, vous le savez ? Dites, c'est Agnès, vous le saviez déjà tout à l'heure ?

— Allons calme-toi, vieux. Je te répète que, quelles que soient tes raisons, tu peux compter sur nous.

— Ça veut dire quoi, ça ?

En se levant brusquement, Michel renversa la cafetière. Personne ne le remarqua et le café comme un fleuve noir dessina ses méandres sur la toile cirée.

— Il y a des traces de ta peinture bleue sur la borne de la route, à l'endroit où ils ont ramassé le corps.

— Je veux la voir.

— Assieds-toi. Tu ne peux pas y aller.

Puis, avec moins de violence, Boris répéta :

— Tu ne dois pas y aller.

— Pourquoi ?

— La fille est méconnaissable. Personne ne peut savoir s'il s'agit d'Agnès.

— Mais moi, je la reconnaîtrai.

Boris faillit parler. Célia l'en empêcha en prenant la parole.

— Nous avons le temps, Michel. Ils viennent tout juste de l'annoncer à la radio. Mieux vaut accorder nos violons avant de…

— Mais ma parole, vous avez l'air de croire que je l'ai tuée !

— Écoute, vieux, je suis ton frère, pas un flic. S'il y a une personne au monde à qui tu peux faire confiance, c'est à moi. Nous ne sommes ni tes ennemis, ni tes juges. Nous sommes tes amis avant d'être ta famille.

— Mais bon Dieu, Boris, est-ce que tu t'entends ? Tu me prends ni plus ni moins pour un assassin.

— Calmez-vous, Michel. Nous n'avons pas d'opinion. Nous sommes face à des faits troublants. Il est normal que nous en parlions ensemble raisonnablement avant de donner suite à cette affaire.

— Mais je veux aller à la gendarmerie. Je veux voir le corps de cette fille. Il s'agit sans doute d'Agnès. Je n'aurais jamais dû l'abandonner sur la route à deux heures du matin. Quel salaud je suis !

— Calme-toi, je ne voulais pas que tu l'apprennes de cette façon. Pourtant il fallait bien qu'on t'en parle.

— Ce n'est pas moi, tu entends, je ne l'ai pas tuée !

— Non bien sûr, nous n'en avons jamais douté.

— Alors, qu'est-ce qu'on fait là à palabrer au lieu d'aller voir s'il s'agit d'elle.

— On ne peut pas le savoir, j'en viens.

— Qu'est-ce que tu dis !

— Ne te fâche pas. Dès qu'ils l'ont annoncé à la radio, je suis allé à la gendarmerie de Villers.

Elle est méconnaissable je te jure. Même toi, tu serais incapable de la reconnaître. Ce serait une épreuve inutile. Inutile et dangereuse.

— Croyez-le, Michel !

— Mais qu'est-ce qui lui est donc arrivé ?

Le mari et la femme se regardèrent comme pour se communiquer du courage pour poursuivre leur récit épouvantable.

— Son... enfin son meurtrier lui a passé sur le corps avec sa voiture. Plusieurs fois.

— Non !

Puis tout de suite, parce que c'était l'évidence. Michel suggéra :

— Mais ses vêtements, son sac. Il doit être facile de l'identifier grâce à cela. Tu savais comment elle était habillée en partant.

— Elle n'avait plus aucun vêtement sur elle quand on l'a trouvée, comme si son...

— Son assassin ? Allez, dis-le, n'aie pas peur des mots. Comme si son assassin ne voulait pas qu'on l'identifie. C'est bien ça ?

— Tout le laisse supposer, intervint Célia afin de ne pas laisser son mari assumer seul la responsabilité du récit.

— Alors où est Agnès ?

Le mari et la femme esquissèrent en même temps un geste désolé qui signifiait sans doute à quel point ils étaient troublés eux aussi.

— Vous en savez autant que nous.

— Mais bon Dieu, je ne peux pas rester là à palabrer, il faut que je sache si c'est elle. Il le faut, vous comprenez ? Je vais devenir dingue sinon.

— Calme-toi, vieux. Je partage ton angoisse mais n'agis pas en chien fou. Il faut attendre. Il n'y a pas d'autre solution. Il faut attendre. Si par malheur il s'agit d'Agnès, tu vas te retrouver dans une situation critique, très critique. Je te conjure de ne pas agir en coupable.

— Patientez quelques heures je vous en prie. La police a des moyens d'identification que nous ignorons. Boris a raison, il faut attendre. Agnès n'est plus une oie blanche. Elle a de la défense. Ce n'est certainement pas elle.

— Il faut que je sache.

— Je vous comprends mais nous ne pouvons rien faire pour l'instant. Rien !

Michel ne cessait de faire les cent pas, victime d'une agitation bien légitime. La vérité venait de lui être assénée trop brutalement. Il y avait trop de choses qu'il ne comprenait pas. Il ne savait à laquelle donner la priorité.

— Tu prétends que tu as été à Villers-Cotterêts ce matin ?

— Oui.

— Pourquoi ?

— Pour savoir s'il s'agissait d'Agnès.

— Qu'est-ce que tu as dit aux gendarmes ?

— Rien. Pour qui me prends-tu ?

— Donc, tu me couvrais.

— Comment ça ?

— Tu n'as pas douté une seconde que je l'avais tuée, c'est pour ça que tu t'es rendu sur place.

— Je n'ai rien prémédité. Tout s'est déroulé si vite que j'ai réagi d'instinct, non par raisonnement.

— Et ton instinct t'a soufflé que ton frère était un assassin. Tu as été sur place en chercher la preuve.

— Et quand bien même ce serait ça, mieux vaut connaître la vérité pour t'aider et ne pas commettre d'impair.

— Parce que tu penses que c'est moi !

— Je ne pense rien, je relate les faits.

— Et c'est quoi les faits ?

— Voyons, Michel, ne le prenez pas mal. Nous n'avons agi que dans votre intérêt. Pour vous aider…

— Tu ne m'as pas répondu, c'est quoi les faits ?

— Eh bien, si tu veux le savoir, ils sont plutôt troublants. Une fille inconnue et non identifiable a été assassinée hier soir entre deux heures et trois heures du matin dans la forêt de Retz sur la route de Paris. Une voiture lui a passé dessus jusqu'à la rendre méconnaissable. Je ne suis pas inspecteur, je te le répète, mais quand je t'ai vu revenir avec la manche de ton veston arrachée, quand j'ai vu la calandre défoncée de ta voiture, quand j'ai vu sur une borne démolie des traces de peinture du même bleu que ta Volvo, que veux-tu que je pense, dis ? Que veux-tu que je pense à moins d'être le dernier des imbéciles ?

— Que je l'avais tuée, hein, c'est ça ! Alors pourquoi tu n'as rien dit ? Pourquoi attends-tu onze heures du matin pour m'en parler ?

— Parce que je n'ai appris cela qu'aux informations ce matin.

— Et au lieu de venir me réveiller pour que nous allions ensemble à la gendarmerie, tu t'es barré en douce pour faire ton enquête, pour te faire une opinion tout seul sur ton petit frère, ton petit frère que tu connais depuis quarante ans.

— Voyons, Michel, ne le prenez pas de cette façon. Boris n'a agi que dans votre intérêt.

— Mais il a accepté délibérément de me remettre en question. Au lieu de venir me réveiller en me disant : « Mon pauvre Michel, tu es dans un fichu pétrin. Il y a un gars qui a descendu une fille et si on n'arrange pas ça tout de suite, tu risques de porter le chapeau à sa place », il est allé fouiner du côté des flics pour voir si j'allais bientôt être inculpé.

— Tu n'as pas le droit de dire ça, c'est moche de ta part de me juger de cette façon-là !

— Alors pourquoi as-tu été voir la borne ?

— Parce que tu m'avais avoué que tu avais enfoncé ta calandre.

— Alors tu as voulu vérifier sur place.

— Sur place, figure-toi, c'est le lieu du crime.

— Ça ne prouve pas que je sois un assassin mais ça prouve par contre qu'il s'agit bien d'Agnès.

— Pas forcément, ça peut être une coïncidence.

— Voyons, Célia, vous n'y croyez pas vous-même. Je peux vous dire qu'à deux heures du matin, il ne passait pas une voiture ni à trois heures quand je suis revenu la chercher. J'ai roulé à cent quatre-vingts pour venir chez vous.

— Donc, tu étais inquiet ?

— Non, j'étais en rogne. J'en avais assez d'Agnès et de ses sales tours. Je lui aurais flanqué une rouste si je l'avais retrouvée, ça c'est sûr. Je n'ai plus l'âge de jouer les amants terribles, ça me fatigue, si vous voulez le savoir. C'est la seule femme avec qui je me suis battu comme un chiffonnier mais je suis incapable de tuer, pas plus elle que n'importe qui !

— Je suis heureux de l'apprendre.

— Seulement tu ne me crois pas. Vous vous sentez grands et généreux tous les deux en acceptant de vous taire mais dans votre for intérieur, vous ne me croyez pas et vous ne me croirez jamais.

— Quelle importance ce que l'on croit. L'essentiel est qu'on t'aide, que tu ne sois pas seul dans cette épreuve.

— Mais si mon propre frère pense que je suis coupable, comment veux-tu que des flics et un juré croient le contraire.

— Nous te couvrirons. Nous te fournirons un alibi.

— Mais vous devenez fous ma parole ! Et Agnès, qu'est-ce qu'elle devient là-dedans, Agnès ?

— Si ce n'est pas elle la victime, elle va donner signe de vie.

— Tu ne la connais pas. Ça peut durer trois jours ou peut-être qu'elle a décidé de me plaquer définitivement, on a eu une méchante engueulade sur la route.

— Mais en entendant parler du crime, elle réagira ne serait-ce que pour vous innocenter.

— Et pourquoi voulez-vous qu'elle soit au courant ? Elle n'écoute jamais la radio.

— Des amis le lui diront.

— Je ne suis pas suspect, je vous le rappelle.

— Enfin, Michel, ne voyez pas tout en noir.

— Ah ! ça Célia, je vous trouve admirable. Vous avez de ces mots, vu les circonstances…

— C'est moche, mon vieux, je sais, mais tu ne peux rien faire. Il faut attendre. Tu ne peux pas aller délibérément te jeter dans la gueule du loup. Les flics ne connaissent déjà pas la victime. Ils seraient trop contents d'avoir un suspect à se mettre sous la dent.

— Et ce suspect, ça ne peut être que moi ?

— Il y a les traces de peinture, Michel, bientôt il y aura celles des pneus. Et aussi le témoignage de la patronne de La Grande Resserre.

— Comment tu sais cela, toi ?

— Tu me l'as dit.

— Je ne m'en souviens pas.

— De toute manière, j'y suis passé ce matin. Elle se souvient de toi. Ne me regarde pas comme ça... Forcément un homme seul à deux heures du matin devant une bouteille de champagne qu'il ne fait pas ouvrir, ça ne s'oublie pas surtout quand il n'y a personne d'autre dans la salle.

— Tu en sais des choses !

— Mieux vaut s'assurer maintenant de la nature de son futur témoignage.

Brusquement Michel se laissa tomber sur le canapé. À force d'aller et venir, il les avait entraînés dans son sillage jusque dans le salon. Célia resserrait machinalement les pans de sa robe de chambre qui s'ouvrait sans cesse et parfois aussi elle passait une main lasse dans ses cheveux dénoués.

Les événements avaient pris de la vitesse, et tous trois s'essoufflaient à en suivre le cours.

— Il faut que je téléphone chez moi.

— On n'arrête pas de le faire depuis ce matin. Elle n'est pas là.

— Alors je dois rentrer.

— Qu'est-ce que ça changera ? Te retrouver seul et tourner en rond !

— Il faut que je sache à quoi m'en tenir au sujet d'Agnès. Vous ne comprenez pas ça ! Je sais moi que je ne l'ai pas tuée mais je ne peux pas savoir si un autre ne l'a pas fait. Comment voulez-vous que je vive en me posant sans arrêt cette question ?

— Je te comprends mais mieux vaut que tu ne sois pas seul. Agnès n'est plus une gamine. Elle n'a que deux coups de téléphone à passer pour te trouver : chez toi et ici. Ici, il y aura toujours quelqu'un, c'est préférable, tu ne peux pas te permettre de la manquer.

— Tu as sans doute raison.

— J'ai raison.

Brusquement abattu, Michel fixait un coin vague du tapis.

Son frère et Célia respectèrent son silence.

— Tu dis qu'on lui a passé dessus avec une voiture ?

— Rien ne prouve qu'il s'agisse d'Agnès, insista Célia.

— Au même endroit. À la même heure. En pleine nuit. Qu'est-ce que vous espérez me faire croire !

— Nous n'avons pas de preuves, il faut attendre.

Perdu dans ses pensées, Michel ne releva pas la réflexion de son frère.

— Il a fallu qu'elle tombe sur un malade. Parce que c'est un dingue le gars qui a fait ça, il ne la connaissait même pas ! Si ça se trouve, il a essayé de la violer.

— Pourquoi tu dis ça ?

— Si elle n'avait pas de vêtements sur elle, c'est parce qu'il les lui avait arrachés.

— On les aurait retrouvés.

Frappé par cette évidence, Michel regarda son frère.

— C'est vrai ce que tu dis, alors pourquoi il a fait ça ?

Doucement, presque à voix basse, Célia lui donna la seule explication possible :

— Pour qu'on ne l'identifie pas. Par conséquent pour qu'on ne le retrouve pas, lui !

Michel hocha la tête mais cette fois la révolte laissait place à l'abattement. Tout en effet concordait à le rendre coupable.

— Ce n'est pas moi, dit-il d'une voix morne.

— Ne te fais pas de souci, personne ne te soupçonne.

Malgré cette affirmation, le ton manquait de conviction.

— Ce qui est sûr, c'est que c'est de ma faute si elle est morte, mais ce n'est pas moi, répéta-t-il avec entêtement.

— Je suis là, tu n'as rien à craindre, assura le frère aîné.

— Nous sommes là, corrigea Célia.

— C'est curieux, vous ne trouvez pas…

Il n'acheva pas sa phrase. Il semblait mesurer tout à coup l'importance de la nouvelle et il devait improviser pour s'adapter à cette situation inconfortable.

— C'est curieux, reprit-il, comme on est contraint de faire confiance.

Célia sourit avec indulgence comme on le fait pour une personne légèrement prise de boisson qui, sans divaguer tient pourtant des propos farfelus.

— Moi je dois faire confiance à la vie en espérant contre toute logique que ce ne soit pas Agnès la victime. Vous qui êtes persuadés que je suis coupable vous devez me faire confiance pour ne pas vous sentir complices. Et moi je dois vous faire confiance pour que vous ne me dénonciez pas.

— Cesse de dire des bêtises veux-tu !

— Non, plus j'y réfléchis, plus je trouve que c'est une sacrée vacherie de devoir faire confiance aux autres : à la femme que tu aimes pour qu'elle ne te plaque pas, à ton éditeur pour qu'il vende tes livres, à ton garagiste pour qu'il fasse vraiment la révision de ta voiture, à ton coiffeur pour qu'il te coupe les cheveux et pas la tête, à…

— Calme-toi, vieux. Veux-tu qu'on aille marcher un peu tous les deux avec le chien, cela te ferait du bien !

— Rien ne me fera du bien tant que je ne saurai pas à quoi m'en tenir.

— Je te comprends mais il faut vivre !

— Sans Agnès !

— Tu disais toi-même que votre couple était condamné.

— Bien sûr que je le disais, mais je le nie aujourd'hui parce qu'on ne connaît pas l'étendue de ses propres stratifications, quelques couches de surface et encore ! C'est dans les moments de crise qu'on se découvre, avec stupeur, je le reconnais.

— Où veux-tu en venir ?

— Agnès ! J'ai toujours su que je la préférerais morte que sans moi et voilà que je découvre que je la préfère vivante n'importe où même sans la revoir mais avec la certitude que son rire existe quelque part dans le monde, que sa chair est ferme et chaude et non pas un tas de viande en putréfaction.

— Taisez-vous Michel, ne pensez pas à cela, par Dieu, n'y pensez pas.

— Et à quoi voulez-vous que je pense alors ! C'est de ma faute je vous dis. Un macho, oui vous avez raison, un dur-à-cuire, un fier-à-bras, un Jules quoi ! Je la vire de ma Volvo et je vais l'attendre au bistrot en la laissant sur la route toute seule, en pleine nuit, pour lui faire les pieds, parce que je suis un Jules, un vrai ! Non, c'est pas possible !

Brusquement sans que rien ne le laissât prévoir, il éclata en sanglots si violents qu'ils le secouaient tout entier et que les larmes inondaient son visage.

Déconcertés par ce brusque accès de désespoir, Boris et Célia ne savaient que faire pour lui venir en aide.

— Dis-moi que ce n'est pas elle, qu'elle n'est pas à la morgue, dis-le moi, je t'en conjure, je ne pourrais pas le supporter. C'est trop de responsabilité, c'est trop lourd. Je ne veux pas. Je n'ai jamais voulu ça tu sais. Dis, dis-moi que tu me crois !

— J'ai envie de lui donner un Valium, proposa Célia à voix basse.

Son mari bouleversé par l'attitude soudaine de son jeune frère se sentait presque aussi mal en point que lui.

— Fais quelque chose, implora-t-il comme s'il s'agissait de poser un pansement sur le genou couronné d'un gamin.

Célia sortit de la pièce pour aller chercher un tranquillisant dans la salle de bains.

Boris s'approcha de Michel effondré dans son fauteuil. Il lui passa le bras autour des épaules et le serra contre lui, les yeux fermés pour mieux dissimuler ses larmes.

Comme quelque trente ans plus tôt, son puîné lui enserra les jambes et se pressa contre lui dans un geste instinctif qui demandait protection.

Machinalement, Boris retrouvait les mots d'autrefois pour calmer ce nouveau gros chagrin mais s'il y mettait autant de conviction que le souhaitait son frère, il savait bien au fond de lui-même que ce n'était que des mots. « Il faut toujours faire confiance à quelqu'un » venait de dire Michel.

Quelles que soient les convictions profondes de Boris, lui aussi devait faire confiance à son frère même si les circonstances du crime tendaient à l'en rendre responsable.

Le week-end était terminé depuis la veille. La matinée n'était pas écoulée que tous deux pour des raisons différentes plongeaient dans des profondeurs abyssales sans savoir s'ils pourraient en émerger et surtout s'ils pourraient jamais se retrouver au sortir de l'épreuve.

7

Quand Michel se fut assoupi sur le canapé du salon après avoir absorbé deux Valium malgré ses protestations, le couple désemparé s'installa dans des fauteuils près de lui pour le veiller comme un malade.

Chacun suivait le cours de ses pensées et n'échangeait avec l'autre que des phrases laconiques à voix basse.

Au bout d'un long silence, Boris constata :

— Il a raison quand il dit que c'est une vacherie de devoir faire confiance aux autres.

— Tu le crois coupable ? demanda-t-elle.

— Non… non je ne le crois pas coupable parce que je ne peux pas, tout mon être s'y refuse. Mais les autres qui ne sont pas ses frères, comment vont-ils réagir, les autres !

— Et si c'était une coïncidence ? insista-t-elle avec entêtement.

Boris fut long à répondre, puis d'une voix infiniment lasse et triste, il rappela une certaine anecdote qui, vu les circonstances, augmentait encore son tourment :

— Tu te souviens de ce week-end il y a deux mois, quand il a enfoncé la porte de leur chambre d'un coup d'épaule parce qu'Agnès s'était verrouillée à l'intérieur et qu'elle ne voulait pas le laisser entrer ?

Ce fut au tour de Célia de hocher la tête sans répondre.

— Ils se sont battus comme des chiffonniers, poursuivit-il de la même voix morne. J'étais gêné, non pas par leur bagarre mais parce que je découvrais un visage de mon frère que je ne connaissais pas.

« Peut-être que dans le fond, c'est un violent. Agnès lui aura servi de détonateur. Est-il possible de méconnaître à ce point les êtres qui vous sont le plus chers ?

— De là à tuer !

— Oh ! je pense que la frontière est bien ténue. C'est quoi un héros pendant la guerre ? Un type qui descend le maximum de gars du camp adverse. Peut-être que dans le civil, c'est un faible et un timoré et pourtant c'est le même individu.

— Je crois qu'il nous l'aurait dit.

— Il nous aime. Il veut nous ménager. Et peut-être aussi qu'il refuse lui-même d'y croire. En niant l'évidence, il se déculpabilise.

— Mais pourquoi aurait-il fait cela ?

— Parce qu'elle le pousse à bout.

— Ils n'ont qu'à se séparer.

— C'est toi qui dis cela, toi qui es femme et qui sais combien la passion a besoin de victoires.

— Mais pas de cette façon, c'est trop horrible.

— Quand ils sont partis d'ici, ça commençait déjà. Le ton n'a dû cesser de monter. Ils ont dû arriver à un paroxysme. Alors Michel a perdu la tête. Il s'est affolé. Peut-être qu'il l'avait déjà tuée avant de lui passer dessus avec la voiture pour la rendre méconnaissable. Cela expliquerait que ses vêtements aient disparu.

— Mais comment l'aurait-il tuée, il ne porte jamais d'arme.

— Oh ! il y a tant de façons de le faire, l'étrangler, l'assommer entre autres.

— Ils t'ont parlé de cela à la gendarmerie ?

— À vrai dire, l'enquête n'est pas encore commencée. Il ne s'agissait que d'un premier constat.

— Il n'y a aucune raison pour que la piste mène à Michel.

— Si, et par ma faute encore.

— Que veux-tu dire ?

— J'ai fait une gaffe ce matin en allant à La Grande Resserre. Je ne l'ai compris que tout à l'heure.

— Comment ça ?

— En faisant ma propre enquête. Quelle andouille j'ai été ! J'ai dit que j'étais son frère, que je m'appelais Loubiakov et que j'habitais la région. Même un stagiaire me retrouverait en une heure.

— Mais pourquoi as-tu dit que tu étais son frère ?

— J'ai pris comme prétexte qu'il avait oublié son briquet. En réalité je voulais savoir où il était à l'heure du crime.

— Il était à La Grande Resserre, non ?

— Oui, et la patronne se souviendra très bien de lui.

— Eh bien alors ?

— Mais il en est reparti et je ne suppose pas que l'on puisse préciser l'heure de la mort à un quart d'heure près.

— Il nous suffit de prétendre qu'il est arrivé ici plus tôt.

Boris haussa les épaules d'un air de doute. C'était un mince argument face à des policiers.

— Il y a sa voiture. Quand ils verront sa calandre défoncée et le bleu de la coque, le même bleu que sur la borne renversée, on passera pour ses complices en ayant voulu le couvrir.

— Alors que faire ?

— Je ne sais pas. Je sais seulement ce qui va se passer mais je suis incapable d'imaginer ce qu'il faut faire pour l'éviter.

Boris ajouta après un moment de silence :

— Et s'ils viennent, il faudra bien se résoudre à parler d'Agnès.

— Pourquoi ?

— Parce que tôt ou tard, ils découvriront eux-mêmes son existence. Notre silence passerait alors pour un aveu.

— On peut très bien affirmer que Michel était venu passer le week-end, seul, parce qu'Agnès l'avait quitté et qu'il était déprimé.

— Alors que serait-il allé faire à deux heures du matin à La Grande Resserre assis devant une bouteille de champagne en prétendant qu'il attendait son amie ? J'ai même été jusqu'à préciser qu'elle était belge pour brouiller les pistes.

— Cela ne prouvera rien.

— Je crains que le témoignage de la patronne ne soit accablant pour lui.

— Et si je partais tout de suite avec lui pour la Belgique. De là-bas, je te rejoindrais directement en Angleterre.

— Pourquoi la Belgique ?

— On perdrait sa trace. Je ne pense pas que les postes frontières soient déjà alertés.

— Ne cédons pas à n'importe quelle solution rocambolesque. Nous avons des voisins, le bar tabac, le jardinier. On ne peut museler tout le monde. Dimanche, nous étions quatre, les gens en témoigneront. D'ailleurs on nous a vus prendre l'apéritif au café de l'écluse, souviens-toi !

— C'est vrai, reconnut Célia, anéantie. Alors ?

— Alors il faut l'aider, mais comment ?

— S'il signalait lui-même la disparition d'Agnès, ce ne serait pas mieux ?

— Ça aurait trop l'air d'un alibi a posteriori.

— Elle n'avait plus de famille ?

— Non.

— Alors personne n'a de raison de signaler sa disparition.

— Elle n'a plus de famille mais elle a des tas de copains. Elle avait peut-être même des rendez-vous en début de semaine, n'oublie pas qu'elle devait partir pour New York.

— Pourtant il y a tant de gens qui disparaissent chaque année et dont on ne retrouve jamais la trace.

— Dans ces cas là, il n'y a pas de crime à la clé. Ils sauront rapidement qu'aucune fille n'a disparu aux alentours. Aucune fille. Sauf Agnès.

— Peut-on annuler le voyage de Londres ?

— Tu sais bien que non.

— Alors il faut faire quelque chose. On ne peut pas le laisser tout seul face aux policiers. Il n'a plus que nous.

Ils parlèrent longtemps à voix basse et cela ressemblait à un cauchemar parce que comme dans un cauchemar, ils s'engluaient, n'avançaient que pour mieux reculer. Ils étaient en même temps témoins et acteurs d'un drame qu'ils avaient en partie provoqué.

Ils avaient beau discuter, ils ne trouvaient pas de solution.

Quand Michel émergea d'un sommeil comateux deux heures plus tard, la situation n'avait pas beaucoup évolué pour eux mais le danger, bien que latent, augmentait. Comme sous un ciel lourd d'orage, l'horizon s'obscurcissait.

— Je crains, mon vieux, que tu ne sois dans de mauvais draps, remarqua Boris en entrant tout de suite dans le vif du sujet.

Devant l'air morne et désemparé de son frère, il se sentait malheureux de ne lui octroyer aucun répit.

— J'ai sans doute fait une gaffe ce matin en me rendant sur les lieux, je l'ai fait pour te protéger en cas de besoin mais c'était une démarche intempestive, je m'en rends compte maintenant.

— Tu me crois toujours coupable ?

— Ce que je crois n'a aucune importance. C'est ce qu'ils vont croire, eux, qui compte et je veux que tu saches que tu peux compter sur moi et sur Célia.

— Pour quoi faire ?

— Pour qu'ils ne viennent pas t'arrêter.

— Et pourquoi le feraient-ils ?

— Parce que tout plaide contre toi.

— Mais je suis innocent bon Dieu, pourquoi refuses-tu de le croire ?

— Si tu ne peux m'en convaincre, comment comptes-tu les en persuader ?

— Il ne s'agit pas d'eux pour l'instant mais de toi et de moi.

— Parons au plus pressé veux-tu ? La seule façon d'éviter la catastrophe, c'est d'accorder nos violons. Montons ensemble un scénario et ne démordons pas de notre version s'ils nous interrogent séparément.

— J'ai l'impression que tu paniques un peu vite, pourquoi penses-tu qu'ils vont débarquer ici en priorité ?

— Parce qu'ils n'ont aucun élément d'enquête. Je suis allé spontanément à la gendarmerie. Ils ont mon nom et savent où j'habite. Le crime a eu lieu à l'entrée de Villers. Ils iront forcément à La Grande Resserre, et la patronne parlera. Alors ils vont venir ici pour recueillir de plus amples informations. Voilà pourquoi je dis qu'il faut orchestrer nos réponses.

— Célia n'est pas là ?

— Elle est dans le fond du jardin avec un gars qui doit me prêter son motoculteur. Je veux semer de la pelouse sur le terrain en friche du fond.

Cette diversion n'allégea guère l'atmosphère. Curieusement, Michel avait l'air de se désintéresser de tout ce qui risquait de se tramer contre lui. Boris, qui pour sa part se révélait incapable de dresser un plan de bataille, s'en voulut de ressentir une sorte d'agacement devant l'attitude démissionnaire de son frère. Il ne put se retenir de lui en faire la remarque.

— Écoute vieux, fais un effort, je t'en prie. Nous sommes incapables, Célia et moi, d'inventer une histoire sans ton aide. Il y a des choses que tu sais et que nous ignorons.

— Tu vois, ce qui m'étonne le plus dans tout ça, c'est que tu me prends pour un assassin et que tu t'en moques. La seule chose qui compte, c'est que je ne sois pas arrêté. Pour qui, Boris ? Pour toi ? Ou pour moi ?

— Que veux-tu dire ?

— As-tu peur du scandale ?

— Je n'y ai même pas pensé.

— Alors, qu'est-ce qui te tracasse ? Même si les flics débarquent ici parce qu'ils me soupçonnent, ils devront abandonner cette piste car ils ne pourront rien prouver puisque je ne suis pas coupable.

— Tu es trop optimiste. En France, c'est l'accusé qui doit faire la preuve de son innocence. Et pour l'instant, il y a deux faits qui pèsent lourd contre toi : Agnès a disparu et le cadavre de la fille est méconnaissable. Tu es le suspect idéal.

— Je leur dirai la vérité.

— Mon pauvre vieux !

Michel regarda son frère attentivement. Il ne pouvait lire sur son visage qu'une affection profonde et un désarroi aussi grand que le sien.

— Tu t'accommodes donc très bien d'avoir un frère assassin.

Il revenait toujours à la même idée obsédante. Sa famille admettait le fait de sa culpabilité et ne paraissait en ressentir ni horreur ni honte. Célia pas plus que Boris ne se souciaient d'Agnès. Pourtant, en la reconnaissant pour belle-sœur, ils lui avaient porté une affection sincère. Les liens d'amitié entre les deux femmes s'étaient encore resserrés au cours des années mais l'un comme l'autre parlaient de la mort de la jeune femme comme d'un fait acquis sur lequel il était inutile de revenir.

Cette constation anéantissait Michel plus que tout le reste.

Son propre frère ne tenait aucun compte de leur passé commun. Tout ce qui les rapprochait en dehors des liens du sang ne représentait soudain plus rien. Pas une minute, Boris n'avait pensé que Michel pût être innocent et Célia non plus, c'était évident. Et pourtant Michel n'avait pas d'amis plus sincères et plus fidèles qu'eux. Ils envisageaient sans regret de se compromettre pour le sauver mais ils ne le croyaient pas. Michel ne cessait de remettre en question leur attitude incroyable. De ce fait, il ne pouvait pas se laisser aller à son chagrin sous peine de passer pour un simulateur et un hypocrite.

— Je vais aller à la morgue, dit-il brusquement.

— Ne fais pas ça, ils te garderaient.

— Je vais y aller, je veux voir le corps de cette fille.

— Ne le fais pas. Crois-moi, ne le fais pas. Le mieux serait de téléphoner à un avocat. En as-tu un ?

Surpris par cette question, Michel chercha au fond de sa mémoire si un nom lui venait à l'esprit mais il secoua la tête en s'apercevant que finalement, il n'en connaissait aucun.

— Je crois que pour l'instant, c'est le plus urgent.

— Mais dis donc si je comprends bien, tu me vois déjà aux assises ?

— Je voudrais surtout t'éviter d'y passer.

— Alors je vais rentrer à Paris.

— Tu es fou, tu aurais l'air de fuir.

— Non, c'est mieux pour nous trois. Personne ne m'a rencontré ici depuis hier. Tu n'auras qu'à dire que tu ne m'as pas revu depuis que je suis parti avec Agnès, ça vous évitera au moins d'être dans le bain.

— Tu me fais de la peine si tu crois que je pense à nous dans cette histoire.

— Si, crois-moi, c'est mieux, je te tiendrai au courant.

Joignant le geste à la parole, Michel se leva mais Boris, d'une bourrade un peu trop brusque le repoussa et le fit choir sur le canapé.

— Pardonne-moi vieux, je ne voulais pas être brutal.

— C'est la meilleure solution. Dans deux heures je suis à Paris, je fais réparer la Volvo et personne ne pourra faire de rapprochement avec ma voiture.

— C'est idiot, tu risques de rencontrer des gendarmes sur la route.

— Je rejoindrai l'autoroute par le nord.

— Reste, Michel. Je te le demande. Ne rends pas la situation impossible. Tout le monde dans le pays sait que tu as une Volvo bleu turquoise. Si tu partais, il y aurait bien un petit curieux pour remarquer que ta calandre est enfoncée.

« S'ils voient que tu l'as fait réparer quand ils te convoqueront, tu seras accusé de délit de fuite en plus.

— Alors qu'est-ce que je fais ?

— Reste ici et attends. Nous attendrons avec toi et ensemble nous allons réfléchir pour ne pas accumuler toutes les gaffes.

« Mercredi, nous devons partir. D'ici là, il faut que tout soit rentré dans l'ordre. Il le faut pour toi d'abord et pour nous ensuite parce que je ne vivrais pas si je te savais entre leurs mains.

— Veux-tu que je te dise, je suis salement piégé.

Boris s'abstint de tout commentaire. Qu'aurait-il pu dire pour rassurer son frère ?

8

Mardi

Le mardi matin à dix heures, un capitaine de gendarmerie se présenta au domicile de Boris, silhouette d'intellectuel, lunettes à monture d'acier, visage aigu, amorce de sourire remontant les joues mais ne découvrant pas les dents.

— Pas trop tôt ? demanda-t-il comme un invité qui a mal estimé son parcours et qui arrive une heure avant le repas.

Avant de refermer la porte, Boris aperçut un autre gendarme qui se tenait un peu en retrait du capitaine, lequel demanda au peintre :

— Vous êtes bien Boris Loubiakov ?

— Lui-même.

— Capitaine Barois, enchanté. Je vous présente le commandant Bareuil de la brigade de recherches. Pouvons-nous entrer ?

Un moment ahuri, Boris se décida tout de même à refermer la porte avant de les précéder dans son atelier. C'était la première fois qu'il se trouvait en présence de gendarmes qui ne soient pas des motards planqués en haut d'une côte pour piéger avec une politesse sadique l'automobiliste franchissant une ligne blanche.

Tandis que l'autre gendarme se tenait discrètement à l'écart, le capitaine Barois, d'un air intéressé, s'approcha d'un mur couvert de toiles du maître de céans. Du doigt, il en désigna une.

— Elle était bien au Guggenheim il y a trois ans ?

En fait, c'était moins une question qu'une réminiscence.

— Savez-vous pourquoi elle m'avait frappé ? dit-il en se retournant.

— Vous avez été à New York ?

— Pourquoi, c'est défendu ?

— Mais !

L'œil de Boris qui s'attardait sur l'uniforme en disait plus que des paroles.

— La police judiciaire n'est plus le mandarinat des crimes du sang. Nous sommes autonomes, mais vous le saviez, bien sûr ?

— J'avoue que... admit Boris qui avait toujours cru que nonobstant et subséquemment résumaient le vocabulaire du gendarme.

— La brigade de recherches est la police judiciaire de la gendarmerie. Vous me suivez maintenant ?

— Et vous êtes ?

— Commandant de compagnie, mon grade et celui de Mareuil, nous donnent les pouvoirs d'inspecteurs de la Criminelle. J'ai cent personnes sous mes ordres et le commandant de brigade ici présent n'avait pas besoin de moi pour mener son enquête. Je lui sais donc gré de me la confier pour le plaisir de vous rencontrer.

L'autre gendarme qui ne perdait pas un mot de ces mondanités approuvait avec un sourire courtois.

Boris de plus en plus ahuri observait ce capitaine dans son uniforme impeccable qui poursuivit sur le ton de la conversation :

— Je vous disais donc que j'avais aimé cette toile à New York parce que j'y avais retrouvé le climat d'Odilon Redon et de Fuchs.

« Je dois avouer, ajouta-t-il avec son curieux sourire fermé, que je suis un inconditionnel du fantastique.

Un gendarme intellectuel ! Il ne manquait plus que ça !

Boris, non pour lui poser une colle mais pour rester dans le ton, cita à tout hasard :

— Magritte peut-être ?

— Je le trouve un peu dépassé et puis c'est davantage un surréaliste. Je préfère des artistes comme Clayette… Vous aimez ?

— Et si comme Gourmelin, ils ont de l'humour, alors ça devient superbe.

Après s'être mutuellement observés, ils se sourirent avec une sorte d'estime complice. Puis Boris qui se remettait peu à peu du choc que lui avait causé la vue de l'uniforme et du choc encore plus grand que lui avait porté celui qui l'endossait, demanda après avoir repris un peu d'assurance :

— Je ne pense pas que vous soyez venu chez moi si tôt pour me parler peinture.

— Non, pas uniquement bien sûr.

— Je vous en prie.

En lui désignant un siège, Boris remarqua qu'en s'asseyant, le capitaine tirait sur son pantalon pour ne pas en casser le pli. Il y avait si longtemps que le peintre ne fréquentait plus que des gens en jeans que ce geste lui parut suranné mais surtout insolite.

— J'enquête sur le crime de Villers-Cotterêts. Quand j'ai appris que vous vous étiez déjà rendu à la gendarmerie, je n'ai pas résisté au plaisir de vous rencontrer avant toute autre personne.

Fut-ce à cause du grade de son visiteur ou parce que Boris se sentait mal dans sa peau mais cette première phrase qui ouvrait le feu lui parut chargée de dynamite. « J'ai appris que vous étiez déjà venu à la gendarmerie », venait-il de dire. N'était-ce pas là une constatation lourde de menaces ? Par ce premier assaut, ils devaient endosser tous deux des personnalités nouvelles : Raskolnikov face à Porphyre.

Barois, tout comme Porphyre allait si bien utiliser les mots, les tordre comme des hameçons que Boris, fasciné et maso comme tous les artistes, viendrait s'accrocher lui-même au bout de la ligne tendue.

C'était là une estimation de Boris car sur le visage de Barois, il ne pouvait lire pour l'heure que de l'admiration et une certaine forme de bonne humeur de rencontrer un peintre qui lui inspirait de l'estime.

— Pensez donc, poursuivit le capitaine. Loubiakov en personne ! Vous retrouver ici, alors que je vous avais raté à New York, avouez que c'est une chance.

« Vous avez une maison très agréable, ce doit être tonique de travailler dans ce cadre. Ce sont des peupliers d'Italie que vous avez là ?

— Oui, j'ai besoin d'arbres qui bougent, je les ai plantés pour ça.

— Parce que vous êtes peintre ?

Boris qui avait la sensation très nette que l'autre allait le manœuvrer à son gré, répondit avec une légère affectation pour entraîner le capitaine sur un terrain qui ne devait pas lui être familier.

— Je fuis les paysages figés. Un arbre sans vent reste du bois et des feuilles. Entendre vivre un arbre, même sans le voir, ajoute la présence de la mer à celle de la campagne.

— Poète en plus !

Après un silence, Boris ne put s'empêcher de constater :

— Je n'ai jamais vu de gendarmes comme vous.

Le capitaine sourit et se tourna vers le commandant de brigade.

— Mareuil pourrait vous dire, aussi bien que moi, que nous possédons à Rosny un fichier électronique que même les Américains nous envient.

Devant l'air déconcerté de Loubiakov, il ajouta en souriant pour lui faire bien comprendre que le monde avait évolué :

— Nous ne portons plus de leggings je vous assure.

Puis reprenant un ton normal, il constata :

— Vous vivez au calme, dans un cadre stimulant. Vous êtes à quarante-huit kilomètres de Villers n'est-ce-pas ?

— À peu près.

— C'est curieux que vous ayez eu l'idée d'aller à la gendarmerie là-bas. C'est bien loin de chez vous, non ?

Boris pâlit sous cette première banderille.

— En voiture, les distances ne comptent pas.

— Très juste.

— J'ai pensé qu'il pouvait s'agir de quelqu'un que je connaissais.

Au lieu de dissiper un malentendu, Boris réagissait en fautif qui tente de se disculper. Il se reprocha intérieurement cette erreur.

— Vous avez beaucoup d'amis dans la région ?

— Non, je vis en solitaire, avec ma femme. Je travaille.

— Alors ? Qui auriez-vous pu reconnaître !

— Puis-je vous offrir quelque chose ?

— Non merci, jamais dans le service.

Profitant du petit avantage qu'il avait sur les militaires et sans aucun doute pour les narguer, Boris se leva et alla ouvrir une bonnetière qui dissimulait un réfrigérateur. Il revint avec une bouteille de bière qu'il décapsula et posa sur la table basse entre eux. Puis, pour se donner une contenance, il prit sa pipe, la bourra lentement et l'alluma avec une grosse boîte d'allumettes suédoises qui traînait sur la table. Barois ne perdait aucun de ses gestes. Ce fut lui qui remplit le verre en prenant bien soin de le pencher pour que le col de mousse ne soit pas un col 1900.

— Je crois que vous n'avez pas reconnu le corps de la victime ?

— D'après les photos, il était méconnaissable.

— Pourtant on sait déjà que la femme avait une trentaine d'années, qu'elle n'était pas enceinte et qu'elle était coquette.

— Coquette ?

— Oui, d'après les pieds et les mains, une main au moins prouve qu'elle changeait régulièrement son vernis à ongles.

Cette fois, Barois s'abstint de tout commentaire.

— Le premier flash d'information a été diffusé à six heures du matin. Vous vous êtes rendu à la gendarmerie à huit heures trente. Pourquoi ?

— Je suis insomniaque, ma femme vous le confirmera.

— Je vous félicite de votre sens civique. Les rares personnes qui se sont manifestées après vous ne l'ont fait que dans le courant de l'après-midi.

— Où voulez-vous en venir ?

— Pourquoi êtes-vous allé si tôt à Villers ?

— Je vous ai répondu, je suis insomniaque.

— J'ai sans doute mal posé ma question. Puisque vous vivez en solitaire et ne fréquentez personne dans la région, à quel titre ce crime vous a-t-il intéressé ?

— Admettons que ce soit une curiosité malsaine.

— Admettons-le en effet. La Volvo bleue immatriculée 75 qui est dans votre garage appartient à votre frère ?

Les mondanités étaient terminées. Ils entraient dans le vif du sujet. Naïvement, Boris avait espéré que cela ne serait pas venu si vite. Il hocha la tête en signe d'assentiment.

— Votre frère n'est pas là ?

— Il est à Laon avec ma femme. Ils sont partis faire des courses pour le déjeuner.

— Depuis longtemps ?

— À peu près une heure.

— Alors ils ne tarderont pas à revenir je suppose.

— Je ne crois pas.

— Eh bien je suis ravi de pouvoir bavarder un peu avec vous en l'attendant. Pourquoi avez-vous été à La Grande Resserre ce matin ?

— Pour prendre un verre en sortant de la gendarmerie, c'est défendu ?

— Quelle idée ! Non, mais la patronne nous a dit que vous étiez venu chercher le briquet de votre frère et qu'elle avait remarqué qu'il n'avait pas fumé une cigarette durant le temps où il est resté dans son établissement, une heure et demie je crois. Ce n'est pas un gros fumeur.

« Pourquoi n'a-t-il pas téléphoné de chez vous ? On lui aurait mis son briquet de côté au cas où il l'aurait oublié et puis cela vous aurait évité le déplacement.

— Je n'y suis pas allé pour ça.

— C'est vrai. Alors pourquoi au juste ? Parce que son amie demeure introuvable depuis deux jours ?

— Quelle amie ?

— Sa petite amie, la trentaine, coquette, un signalement un peu passe-partout, je le reconnais, enfin celui qu'ont recueilli mes collaborateurs dans le pays, au tabac de l'écluse par exemple. Vous y avez pris l'apéritif dimanche tous les quatre, n'est-ce pas ?

— Je ne le nie pas.

— Non, mais vous n'avez pas réagi quand j'ai dit que son amie était introuvable depuis deux jours. Pourquoi ?

— D'abord, comment le savez-vous ?

— Je ne le sais pas vraiment. Je fais des déductions d'après les réponses que je reçois. C'est ça, enquêter.

Boris se leva brusquement.

— Laissez-moi vous dire que je déteste cette manière de jouer au plus fin avec moi. Posez vos questions normalement, je n'ai rien à cacher.

— Nerveux ? Allons, venez vous asseoir. C'est un curieux métier que le mien. Il ressemble au vôtre d'une certaine manière. Il est fait de notations et de touches. Il demande un grand sens de l'observation. Malheureusement, moi, je ne suis pas un créateur. Où en étions-nous ?

— Nulle part. On tourne en rond. Je ne sais pas où vous voulez en venir.

— Une enquête, c'est un puzzle. On ramasse toutes les pièces dispersées du jeu et on essaye de le reconstruire, c'est souvent long et un peu fastidieux. Je m'intéresse à votre frère parce que c'est le seul étranger qui se trouvait près du lieu du crime à l'heure qui nous intéresse et plus précisément parce que nous avons trouvé des traces de peinture bleue sur une borne défoncée, et que l'écartement des pneus correspond à une voiture de grosse cylindrée. J'ai vu dans votre garage que la calandre de sa voiture était défoncée.

— C'est une coïncidence.

— Oui, nous en rencontrons souvent dans notre métier, ça brouille les pistes mais parfois heureusement ça les précise, question d'opportunité.

Il se tut et observa Boris attentivement. Le peintre eut conscience d'un certain cabotinage de la part du capitaine Barois. Il avait même la sensation désagréable que l'autre s'amusait à ses dépens.

Dans une galerie où Boris aurait exposé, il n'aurait été qu'un visiteur en civil perdu dans la foule. Là, en uniforme, il menait le jeu et cela ne devait pas lui déplaire qu'un peintre comme Loubiakov dansât au bout de sa ligne. Boris eut soudain la conviction que Barois n'avait rien à lui dire et qu'il ne faisait durer le plaisir que pour le mettre sur la sellette en attendant qu'arrive Michel avec lequel il commencerait seulement à travailler sérieusement. Boris aurait aimé lui faire savoir qu'il n'était pas dupe de son attitude mais il n'avait pas la possibilité de le flanquer à la porte en lui conseillant de revenir plus tard.

— Ce n'est donc pas moi que vous êtes venu voir ? demanda-t-il sans beaucoup de diplomatie.

— Vous êtes le premier maillon de la chaîne. Mieux vaut conduire une enquête avec méthode, vous ne croyez pas ? Et puis avec vous, je me sens détendu et nous pouvons déblayer le terrain tous les deux ce qui me permet de gagner du temps.

— Moi je n'en ai pas tellement à perdre, je pars demain et il me reste beaucoup de choses à préparer.

Le capitaine sourit comme s'il s'agissait là d'une plaisanterie.

— La justice a toujours priorité sur toutes les activités, fussent-elles artistiques. Soyez donc aimable de répondre à mes questions et j'éviterai de vous importuner par la suite.

— Je vous écoute.

— Parlons un peu de votre frère. Il s'appelle bien Loubiakov ?

Le commandant de brigade avait sorti un carnet de sa poche de poitrine et prenait des notes. Il avait beau se tenir en retrait et ne pas ouvrir la bouche, il paraissait évident qu'aucun détail ne lui échappait. Curieusement, c'était peut-être lui qui mettait Boris le plus mal à l'aise.

Tout en regardant Mareuil, Loubiakov répondit à Barois.

— Non, Farnèse. C'est moi qui ai pris le nom de ma mère.

— Prénom ?

— Michel.

— Votre mère est russe je suppose.

— Oui et notre père d'origine italienne mais né en France.

— Parfait. Âge de votre frère ?

— Quarante ans.

— Adresse ?

— 6, Villa Montmorency.

— À Paris ?

— Seizième.

— Profession ?

— Écrivain, économie politique.

— Marié ?

— Divorcé.

— Vit seul ?
— Non, avec son amie.
— Nom ?
— Agnès Ferraubois.
— Âge ?
— Trente-six ans.
— Profession ?
— Écrivain.
— Aussi !
— Occasionnel. Elle n'a jamais écrit, je crois, qu'une nouvelle policière qui est devenue une pièce à Broadway et qui va devenir un film tourné par les Américains.

Barois eut un hochement de tête admiratif.

— Pour un coup d'essai ! Ils s'entendent bien ?
— Objection, votre Honneur. Je n'ai pas à porter de jugement.
— Objection valable. Je lui poserai moi-même la question en notant toutefois le fait que vous n'avez pas voulu répondre, ce qui tend à prouver qu'ils ne s'entendent pas.
— Vous interprétez.
— Je suis bien obligé si je veux passer pour avoir du flair, remarqua-t-il en souriant pour faire croire qu'il ne s'agissait que d'une plaisanterie.

« Votre frère est-il remarié avec Agnès Ferraubois ?
— Non.
— Depuis quand étaient-ils chez vous ?
— Depuis vendredi soir pour le week-end.
— Ils sont repartis dimanche ?

Barois put noter le temps d'hésitation que mit Loubiakov avant de répondre.

— Donc, ils sont repartis dimanche. À partir de là, votre frère pourra me répondre lui-même.

Vous voyez ainsi, je lui épargne un interrogatoire de routine.

Se sont-ils disputés chez vous ?

Boris lui jeta un regard noir. Par instinct, il avait envie de répondre non mais il savait que son frère ne le nierait pas et que Célia quand elle serait interrogée à son tour risquerait de dire la vérité pour ne pas nuire à son beau-frère par des mensonges maladroits.

— Ce sont deux êtres passionnés qui vivent un grand amour.

— Et le drame est un des piments de l'amour ! Pour le plaisir des réconciliations je suppose.

— Le drame est un bien grand mot.

— Vous avez raison, mettons les disputes, cela diminue un peu la qualité de la passion mais enfin ! Je n'écris pas un roman, je fais une enquête. Donc, ils se sont disputés. Et à quel propos ?

Boris eut une sorte de rire avorté.

— Pour les amoureux, les prétextes ne manquent pas.

— Sans doute, mais ce qui m'intéresse, c'est ce dernier prétexte.

— Mon frère ne voulait pas l'accompagner à New York. Elle est invitée là-bas pour un grand reportage, comme « Femme de l'année » ou quelque chose comme ça.

— Pourquoi ne veut-il pas y aller, par jalousie ?

— Il a passé l'âge de jouer les gigolos et il n'a pas celui de jouer les barbons.

— Mais un amant peut être fier d'escorter la femme qu'il aime.

— Vous lui demanderez son avis.

— Je n'y manquerai pas. À quelle heure est-il revenu chez vous dimanche soir ?

— Aux alentours de trois heures.

Barois leva un sourcil étonné par-dessus ses lunettes.

— Je crois me souvenir que la patronne de La Grande Resserre a prétendu qu'il était arrivé chez elle à peu près à deux heures du matin et qu'il y était resté près d'une heure.

— J'ai dit : aux alentours de trois heures.

— J'ai bien entendu mais il avait cinquante kilomètres à parcourir et de nuit par surcroît !

— Il était inquiet. Il a roulé très vite.

— Pourquoi était-il inquiet ?

— Il vous le dira lui-même.

— C'est votre opinion que je veux.

— Agnès est une fugueuse. Nous l'aimons beaucoup, ma femme et moi, mais elle a ce défaut et pour ma part, je dois reconnaître que je trouve cela insupportable.

— Mais si elle est partie avec lui en voiture, elle n'a pas eu l'occasion de fuguer. À moins de sauter en marche ou d'être éjectée du véhicule bien entendu.

— Ce sont là des interprétations de gendarme. Déformation professionnelle sans doute.

Le capitaine qui ne semblait pas du tout vexé par cette dernière remarque eut à nouveau son sourire ironique qui lui étirait un peu la bouche vers l'oreille gauche. Boris avait soudain une envie impérieuse de voir ses dents. Il lui paraissait anormal que son visiteur ait pu les dissimuler avec tant de constance depuis son arrivée. Cela lui sembla le symbole de sa duplicité. Si volontairement, il cachait son sourire, que dire alors de ses pensées !

— Que vous a-t-il raconté en arrivant ?

— Qu'Agnès avait fait une scène et avait exigé de descendre de voiture.

— Et alors ?

— Alors elle est descendue.

— En pleine nuit ?

— Elle avait un caractère dominateur.

— Elle « avait » ?

— Oui, mais ne tirez pas de conclusions hâtives, ce n'est qu'un lapsus.

— Intéressant le lapsus surtout dans ce genre d'interrogatoire où la psychologie tient une si grande place.

— Eh bien, je peux vous dire que vous vous gourrez complètement. On en fait dix fois par jour des « lapsi » et personne ne se croit obligé de les relever parce que ça ne tire pas à conséquence.

— Donc, « elle avait un caractère dominateur ». Est-ce une raison suffisante pour lui obéir et l'abandonner seule, sur la route, en pleine nuit ?

— Abandonner, n'exagérons rien. Il est allé l'attendre à La Grande Resserre précisément. Il a même commandé une bouteille de champagne pour sceller la paix quand elle arriverait.

— Ils avaient rendez-vous ?

— Non, mais où voulez-vous qu'elle aille, l'auberge est à peine à cinq cents mètres.

— En théorie, vous avez raison, mais en fait elle n'est pas venue.

— Elle a dû faire du stop.

Les deux gendarmes échangèrent un sourire avec une ironie qu'ils ne cherchaient pas même à dissimuler.

— Le chauffeur inconnu ? Un psychopathe sans doute, trop heureux de trouver une victime idéale sur la route pour la tuer sauvagement, sans raison si ce n'est celle de fournir un alibi à votre frère qui, sous le couvert de cette éventualité inespérée, se serait débarrassé à bon compte d'une… pétroleuse.

— Je ne vous permets pas !

— Non bien sûr. Mais moi, je suis comme vous, les fugueurs m'agacent. Ce sont des mal-aimés qui exercent des chantages permanents sur leur entourage. La dame, vous venez de le dire « avait » du caractère, ce qui signifie en clair qu'elle avait mauvais caractère. De plus cette jeune gloire devait lui donner une assurance supplémentaire qui, d'après ce que je sais d'elle n'était pas nécessaire. Cela l'avait peut-être même rendue un peu mégalomane, non ?

Comme mû par un ressort, Boris se leva pour aller se planter devant la fenêtre.

— Vous allez pouvoir demander à mon frère ce qu'il pense de tout cela, le voilà qui revient.

Ils s'affrontèrent dans un dernier regard. Celui de Boris était chargé de colère mais celui du capitaine ne reflétait qu'une curiosité amusée. Il remarqua pourtant d'un ton désinvolte :

— Sauvé par le gong, on dirait, non ?

Boris lui tourna le dos, appuya son front à la vitre et se garda bien de répondre.

9

Quelques minutes plus tard, Célia et Michel entrèrent les bras chargés de paquets. Prince Igor les suivait, la truffe à ras d'un sac de déchets de viande. Ils posèrent leurs achats sur la table de la cuisine et entrèrent dans le salon par la porte communicante.

Célia eut l'air légèrement étonné devant les uniformes. Par contre, Michel eut un sourire ironique prouvant qu'il avait escompté leur visite. Il avança dans la pièce.

— Capitaine Barois de la brigade de recherches, présenta Boris, et son… collègue.

— Le commandant Mareuil, précisa aimablement Barois.

— Les circonstances étant contre moi, je dois être pour vous le suspect idéal, déclara Michel, non sans agressivité.

— Je me méfie toujours des affaires qui paraissent trop probables, répondit Barois en le dévisageant avec un intérêt qui n'était pas dépourvu de sympathie.

Les trois hommes s'assirent. Indécise, Célia restait sur le pas de la porte. Son mari lui fit signe de se joindre à eux. Il la sentait tendue et inquiète. Le plus à l'aise paraissait Barois. Il affichait une certaine autosatisfaction de meneur de jeu.

— J'ai eu le plaisir de bavarder avec votre frère en vous attendant. C'est un privilège. Je le considère comme un grand artiste.

— C'en est un, affirma Michel avec conviction.

— J'aimerais vous poser quelques questions.

— Vous êtes là pour ça, je suppose.

— Oui, les contacts humains… c'est la partie positive de ma profession.

— Je vous écoute, répondit un peu sèchement Michel pour bien prouver qu'il restait sur ses gardes et qu'il n'avait pas l'intention de se laisser prendre dans les filets du policier.

— Ma présence n'est peut-être pas nécessaire, remarqua Célia.

— Au contraire madame, votre témoignage sera pour moi un atout précieux.

« Votre frère a répondu complaisamment à un banal interrogatoire d'identité, ce qui me dispense de vous importuner avec des formalités fastidieuses.

Boris reconnaissait déjà la manière qu'avait Barois de noyer le poisson pour endormir l'adversaire avant de lui poser brusquement une question piège. Il ne savait comment en avertir son frère mais Michel, heureusement, paraissait sur ses gardes. En dehors des réactions épidermiques causées par la passion, c'était un garçon calme et réfléchi.

— Je suis étonné que ce ne soit pas vous plutôt que votre frère qui soyez allé reconnaître le corps de la victime car enfin, vous étiez plus concerné par ce crime que lui.

— Quand mon frère a fait cette démarche, je dormais encore.

— Mais vous étiez au courant du crime.

— Sûrement pas, je n'avais aucune raison de guetter les informations.

« Quinze partout », pensa Boris avec une sourde satisfaction.

— Mais depuis votre réveil, pourquoi n'avez-vous pas fait cette démarche ?

— Mon frère m'a dit que la victime était méconnaissable.

— Pour lui peut-être mais pas pour vous qui la connaissiez de façon plus intime, biblique même ?

— Il n'y avait aucune raison qu'il s'agisse de mon amie.

— Pourquoi ?

— Parce que je ne l'ai pas tuée.

— J'entends bien mais quelqu'un a pu le faire à votre place.

— Pourquoi ?

— Le monde est plein de malades qui circulent en liberté. Elle a pu en rencontrer un, vous ne croyez pas ?

— Qui l'aurait tuée ? C'est idiot !

— Pourtant, monsieur Farnèse, il y a bel et bien une victime et votre amie a disparu.

— Momentanément, mon capitaine. D'autre part, c'est une fugueuse, mon frère a dû vous le dire.

— En effet, mais cette coïncidence est troublante. Elle ne vous inquiète pas ?

— J'avais l'intention de me rendre à Villers cet après-midi.

— Après déjeuner ?

— Oui, parce que je considère que c'est une démarche inutile.

— Permettez-moi de vous dire que j'admire votre sang-froid. Si, si, ne protestez pas. Je connais peu d'hommes amoureux qui réagiraient comme vous.

— Des innocents, certainement.

— Je ne vous accuse pas, monsieur Farnèse. Je trouve surprenant que, même innocent, vous ne vous souciez pas du sort de votre amie que vous avez abandonnée en pleine nuit sur les lieux du crime.

— J'ai eu le temps de réfléchir depuis hier. Je l'ai laissée dans la forêt, c'est vrai, mais à l'entrée de Villers et il ne devait pas être deux heures. Le crime a eu lieu, paraît-il, vers trois heures. Agnès ne serait pas restée pendant une heure, seule, en pleine forêt.

— Que pouvait-elle faire ?

— Venir à La Grande Resserre, sinon pour m'y rejoindre, du moins pour téléphoner.

— À qui ?

— À Boris entre autres pour qu'il vienne la chercher ou, ce que j'escomptais, pour y retenir une chambre et y passer la nuit.

— Mais elle ne l'a pas fait, pourquoi ?

— Parce qu'elle a dû faire du stop tout de suite après que je l'ai laissée.

— Alors, elle serait rentrée chez vous à l'heure actuelle.

— Vous ne la connaissez pas !

— Que voulez-vous dire ?

— C'est moi qui l'ai balancée à la suite d'une scène. Elle a voulu se venger, c'est féminin.

— C'est vrai, intervint timidement Célia, j'aime beaucoup Agnès mais elle ne passe rien à Michel. Elle a un caractère, comment dire... pétulant.

— Alors, où est-elle d'après vous ?

— Si je devais alerter la police chaque fois qu'elle fait une fugue, j'encombrerais rapidement les commissariats.

Barois daigna sourire comme à une bonne plaisanterie tandis que Boris, tout en admirant son frère, s'étonnait de voir que s'il tenait tête au gendarme, il semblait malgré tout ne manifester aucune émotion particulière. Il craignit que cette apparente froideur ne soit à un moment donné retenue contre Michel.

— Vous raisonnez avec méthode et je vous en félicite mais peut-être faut-il envisager plusieurs hypothèses. La jeune femme inconnue, appelons-la X pour l'instant, n'a été tuée que vers trois heures mais de deux à trois, elle a très bien pu se débattre contre son agresseur. Ses vêtements ont été arrachés, dois-je vous le rappeler ?

— Agnès n'a rien d'une victime, c'est une amazone.

— Bravo, monsieur Farnèse, vous ne perdez pas votre sang-froid. C'est l'apanage des grands politiques et des grands criminels.

— Vous aussi !

— Pardon ?

— J'ai quarante ans, mon capitaine, c'est déjà un actif important. Puisque vous enquêtez, vous devriez savoir que je suis un honnête homme et que le préjugé doit m'être favorable, or vous me traitez en criminel retors.

— Nous n'avons pas la même mansuétude pour des criminels retors, croyez-moi.

— Suspect alors ?

— C'est un bien grand mot, témoin plutôt ou peut-être victime. Ce sont vos réponses qui vont me permettre de déterminer votre rôle dans cette affaire.

— Je connais mon frère, c'est un type bien.

Barois ne releva pas le commentaire de Boris. Sa réaction puérile était celle d'un gentil boy-scout.

— Si vous me racontiez votre version des faits, cela pourrait être intéressant.

— Et vous la croirez ?

— Nous la vérifierons.

D'un geste aimable de la main, Barois le pria de commencer son récit. Le geste, bien que courtois témoignait d'une certaine impatience comme si le gendarme jugeait qu'il avait suffisamment sacrifié aux civilités.

Machinalement, Michel toussota pour s'éclaircir la voix comme un comédien qui va entamer sa tirade.

— En quittant La Grande Resserre, je suis retourné sur la route par acquit de conscience pour voir si par hasard Agnès ne serait pas restée à l'endroit où je l'avais déposée.

— Éjectée, je crois.

— Vidée serait plus exact ; puisque vous êtes puriste, respectons la valeur des mots.

— Donc de l'endroit où vous l'aviez vidée.

— Il n'y avait aucun trafic, ni dans un sens, ni dans l'autre. J'ai donc tourné sur place en franchissant la ligne blanche, à contresens, je vous le signale au passage.

« Une sorte d'allée s'enfonçait sous les arbres. J'ai voulu m'approcher le plus près de la lisière de la forêt au cas où Agnès se serait assise sur une souche pour m'attendre... Je n'ai pas vu la borne. J'ai seulement ressenti le choc de la calandre contre la pierre. Je suis descendu pour constater les dégâts, j'étais furieux. Non seulement Agnès n'était plus là mais j'avais bousillé ma Volvo. J'étais bon pour une immobilisation de huit jours, le temps que le carrossier la répare. J'ai eu peur que sous le choc mon radiateur ne soit crevé. Pour voir s'il n'y avait pas d'eau par terre, je me suis mis à genoux. Il faisait trop sombre, je ne voyais rien, j'ai dû tâtonner sur le sol. Il n'y avait pas de fuite mais en me relevant, j'ai déchiré la manche de ma veste dans le butoir du pare-chocs. Ma colère était à son comble, je vous le garantis.

« Je ne savais plus si je devais aller à Paris ou revenir ici. J'étais sûr qu'Agnès avait fait du stop. En réfléchissant, j'en ai déduit qu'il y avait davantage de chances pour qu'elle soit revenue chez mon frère. Outre qu'elle s'entendait bien avec ma belle-sœur, elle aurait été ravie surtout de pouvoir raconter à Boris la manière dont je l'avais larguée en pleine nuit dans la forêt de Retz.

« C'est ce qui m'a décidé à revenir ici.

« J'étais furieux d'avoir déchiré ma veste, d'avoir esquinté ma voiture. En plus, j'appréhendais la nouvelle scène qui n'allait pas manquer de se déclencher quand je la retrouverais en arrivant chez Boris. Je suis donc venu ici en un temps record. Je peux vous assurer qu'à ce moment-là, je me foutais complètement de la limitation de vitesse.

— Parfait, parfait, remarqua le capitaine de gendarmerie, qui ajouta : Il y avait, je crois me souvenir, un superbe clair de lune dimanche soir.

— En effet.

— Vous venez de dire : « Je me suis mis à genoux, j'ai dû tâtonner sur le sol parce que je ne voyais rien, il faisait trop sombre. »

— J'étais à l'orée du bois. Là il faisait sombre, vous pouvez me croire.

— Pas tellement puisque vous cherchiez votre amie des yeux. À aucun moment, vous n'avez prétendu être descendu de voiture avec une torche électrique. C'est donc parce que vous voyiez suffisamment clair.

— Oui, répondit Michel d'un air excédé, je voyais suffisamment clair pour m'apercevoir qu'elle n'était pas là mais pas assez pour reconnaître une tache d'eau sous ma voiture.

— Vous étiez bien nerveux pour arracher la manche de votre veste.

— J'ai surtout été maladroit.

— Admettons. En arrivant chez votre frère, vous n'avez pas retrouvé votre amie, alors qu'avez-vous fait ?

— J'ai téléphoné chez moi. Comme je m'y attendais, personne n'a répondu. Ce qui ne prouvait pas qu'elle n'y était pas mais que peut-être elle ne voulait pas répondre.

— Et puis ?

— Et puis rien, je suis allé me coucher.

— Sans vous soucier davantage de son sort ?

— La première fois qu'elle a fugué, je me suis inquiété ; j'étais comme fou, je l'ai cherchée dans Paris toute la nuit, la deuxième fois aussi. La troisième fois, j'étais déjà moins troublé. À la dixième, j'étais devenu philosophe.

— Vous êtes un sage.

— Il faut vous dire que je l'ai connue lors d'un voyage en Autriche. Elle faisait déjà du stop à cette époque-là. Elle m'a cédé le premier soir, je ne l'ai pas oublié par la suite.

— Eh bien, voilà un récit concis qui me paraît tout à fait convaincant. Avez-vous un témoin pour l'étayer ?

Michel se mit à rire avec une hargne avortée.

— Non, figurez-vous. À cette heure-là, je n'étais pas entouré d'une bande de badauds prêts à me donner leur carte de visite au cas où j'aurais ultérieurement eu besoin de leur témoignage.

— Mon frère vous dit la vérité. Il était furieux en arrivant qu'Agnès lui ait joué un nouveau tour. Il a tout de suite téléphoné à son domicile pour voir si elle était rentrée.

— Et vous même étiez-vous inquiet ?

— Pas vraiment, répondit Boris. On connaissait trop Agnès et ses réactions imprévisibles.

— Alors qu'avez-vous fait ?

— On a pris un dernier verre et on est allé se coucher.

— Et le lendemain, vous avez entendu à la radio qu'un crime avait été commis au même endroit ?

— Oui.

— Et vous avez décidé d'aller voir s'il ne s'agissait pas de votre belle-sœur ?

— Elle aurait pu être accidentée.

— On n'a jamais parlé d'accident mais de crime.

— C'est moi qui ai poussé mon mari à aller sur place reconnaître le corps. Nous voulions pouvoir rassurer Michel quand il se réveillerait.

— Mais il n'avait aucune raison d'être inquiet puisqu'il ne l'avait pas tuée.

— Vous l'avez dit vous-même, quelqu'un avait pu le faire à sa place.

— Très bien madame, vous avez l'esprit de famille, je vous en félicite.

« Je vais vous donner moi, une autre version des faits tout aussi valable que celle de M. Farnèse : il part à la recherche de son amie. Sa colère au lieu de se calmer n'a fait qu'empirer. Il se sent ridicule d'être le jouet d'une coquette. Après l'avoir attendue plus d'une heure à La Grande Resserre, ce qui nous mène à trois heures, l'heure du crime, il part à sa recherche. M. Farnèse nous l'a confirmé lui-même, il n'y avait aucun trafic sur la route à cette heure tardive. Son amie n'avait probablement pas eu l'occasion de faire du stop. D'après vos témoignages, elle avait un caractère bien trempé. Elle n'avait donc aucune raison de faire le premier pas puisque son ami était dans son tort.

— Permettez ! intervint Boris.

— Non, je n'ai pas interrompu le récit de votre frère, laissez-moi terminer le mien je vous prie. Il la retrouve. Elle savait qu'il reviendrait tôt ou tard, les femmes connaissent leur pouvoir. La dispute reprend encore plus véhémente. Ils se battent peut-être. Elle le pousse à bout sans doute. Sous l'empire de la colère, il la tue.

— Non ! s'écrièrent presque en même temps les trois autres.

— Il la tue. Avec une pierre, ou en l'étranglant ou en l'assommant tout simplement. Affolé par son geste, quand il découvre qu'elle est morte, il la déshabille complètement et lui passe dessus avec sa voiture pour la rendre méconnaissable. Dans sa folie meurtrière, il emboutit la borne, puis désemparé, d'instinct, il retourne chez son frère aîné pour s'assurer un alibi ou inconsciemment se mettre sous sa protection. Entre temps, il a abandonné les vêtements sur son parcours. Et a posteriori, il a inventé le récit assez cohérent qu'il vient de nous faire.

— Rien ne s'est passé ainsi, affirma Michel.

— Pouvez-vous nous le prouver ?

— Ce n'est pas à moi de le faire.

— C'est à moi, je le sais, c'est pourquoi j'enquête aujourd'hui. Ce que je peux retenir contre vous, non pas légalement mais psychologiquement, c'est le fait que vous ne vous soyez pas présenté personnellement à la gendarmerie de Villers-Cotterêts ce matin.

Il attendit une interruption qui ne vint pas et poursuivit :

— Cela tend à prouver que vous saviez à quoi vous en tenir sur l'identité de l'inconnue trouvée morte sur la route sinon vous n'auriez eu de cesse d'être rassuré en venant vous renseigner.

— Je m'y étais déjà rendu, mon capitaine, l'avez-vous oublié ?

— Non, monsieur Loubiakov. Mais de quel poids peut être le témoignage d'un tiers quand il s'agit de passion, car c'est bien là l'étiquette qui convient au sentiment que votre frère portait à cette jeune femme.

— J'ai insisté pour qu'il n'y aille pas. Il voulait s'y rendre.

— Et il vous a obéi ! Curieux cette soumission alors qu'il y avait eu crime.

« Curieux aussi, monsieur Loubiakov, votre démarche à La Grande Resserre sous le fallacieux prétexte d'un briquet perdu pour vous assurer en fait que votre frère était bien à l'auberge la veille au soir.

— Ce n'était pas un prétexte.

— Pourtant votre frère n'a pas fumé une seule fois depuis son arrivée, pas plus d'ailleurs qu'il ne l'avait fait la veille en attendant son amie. Pourtant il devait être bien nerveux à ce moment-là. Dois-je en déduire qu'il ne fume pas et qu'il n'a jamais eu de briquet ?

— Ce sont des présomptions, pas des preuves, capitaine, remarqua Célia d'une voix douce.

Barois se tourna vers elle et d'un geste machinal remonta ses lunettes qui glissaient sur son nez.

— Ce serait trop beau, madame, de recueillir des preuves quand on démarre une enquête. Cela ne va pas si vite en général.

— Alors je suis en état d'arrestation ? interrompit brusquement Michel.

— Nous sommes plus circonspects dans nos services, sinon où irions-nous ?

Il se tut et les regarda tous les trois attentivement comme un maître d'école qui attend que le plus doué de ses élèves lui pose la question qui prouvera que l'élève a bien suivi son exposé, mais aucun des trois ne prit d'initiative personnelle.

— Vous n'avez rien d'autre à déclarer, monsieur Farnèse ?

Un peu agacé, Michel lui répondit avec une certaine condescendance, comme s'il ne mettait pas à son crédit de n'avoir pas pensé tout de suite à ce qu'il allait lui dire :

— Moi qui ne suis pas gendarme, j'aurais procédé à des vérifications élémentaires. J'aurais fait relever sur la voiture les empreintes d'Agnès pour les comparer à celles de la victime et j'aurais fait examiner la Volvo pour voir s'il y avait dessous des traces de sang ou de débris humains puisque vous me suspectez, moi et mon véhicule.

De la tête, le capitaine approuva en connaisseur.

— Voilà une excellente initiative. Peut-être auriez-vous dû vous engager dans la brigade.

« En fait, j'attends mes collègues qui vont arriver avec un camion plate-forme pour charger le véhicule, mais je n'espère pas grand-chose de cet examen. Vous avez eu une journée entière pour nettoyer votre voiture.

— Mais si j'avais effacé les empreintes d'Agnès, ç'aurait été maladroit, non ?

Barois, non seulement ne semblait pas contrarié par cette remarque mais son regard derrière ses lunettes témoignait d'une sorte d'estime d'avoir un adversaire qui ne fût pas négligeable.

Boris et Célia échangèrent un long regard où s'inscrivait une admiration sans nuance. Ils n'avaient jamais parlé de cela tous les trois. La pensée venait-elle seulement d'en venir à Michel ou bien gardait-il cette information pour lui seul afin de l'utiliser en dernier lieu comme botte de Nevers ?

— Je crains, répondit Barois que les empreintes de la victime ne soient bien difficiles à relever.

— Pourtant, intervint Boris, vous m'avez dit vous-même qu'elle était coquette. Vous en aviez déduit cela à son vernis à ongles qu'elle changeait régulièrement.

— Je l'ai dit en effet mais je parlais des pieds.

— Vous aviez aussi évoqué une main, je m'en souviens parfaitement.

— Moi aussi, cher monsieur. Il ne me déplaît pas de lancer des ballons-sondes pour juger du sang-froid de mon interlocuteur.

Incapable de déceler si Barois bluffait maintenant ou s'il avait bluffé lors de leur premier entretien, Boris lui jeta un regard noir chargé de rancune comme s'il venait de prendre l'inspecteur en flagrant délit de trahison.

— Je pense, poursuivit Barois en repoussant soigneusement les pans de sa vareuse sur ses cuisses écartées, qu'il serait bon que M. Farnèse m'accompagne à la gendarmerie pour signer sa déposition. Si vous voulez bien également prendre quelques affaires de toilette.

— Vous n'allez pas l'arrêter ! s'exclama Célia incrédule.

— C'est là un bien grand mot, madame. Disons que je le retiendrai en garde à vue une journée ou deux, le temps que cette affaire se décante et que nous ayons pu procéder aux vérifications élémentaires.

— Je vous suis, dit Michel en se levant.

— Je note que vous n'entravez pas la bonne marche de la justice et je vous en sais gré.

Avec un rire un peu grinçant, Michel remarqua en s'adressant à son frère :

— Je n'ai rien à craindre, je suis innocent.

— Eh bien je pense que je ne vais pas m'imposer plus longtemps.

— Attendez une minute, capitaine, le temps de préparer une valise à mon beau-frère.

— Je vous en prie, madame.

Célia disparut rapidement de la pièce. Les quatre hommes restèrent seuls dans un silence pesant.

Mareuil n'avait pas prononcé un mot mais il avait suivi l'interrogatoire de son supérieur avec la plus grande attention et il paraissait évident qu'il s'était déjà forgé une opinion, et que la version de Michel ne l'avait pas convaincu.

— Voulez-vous une bière ? proposa Boris pour détendre l'atmosphère.

— Si tu veux, répondit Michel.

Barois refusa d'un geste tout en observant Farnèse.

— Rude journée pour la reine ! remarqua-t-il avec son curieux sourire.

Mais il n'y avait dans sa remarque nulle trace d'ironie, plutôt une sorte de constatation qui n'était pas dépourvue de sympathie.

— Rude journée pour la reine ! répondit Michel en écho mais le ton de sa voix était chargé d'amertume et d'une pointe de tristesse.

10

Sans un mot mais le cœur lourd, Boris et Célia virent s'éloigner Michel en compagnie des deux gendarmes.

Bien sûr, il n'avait rien d'une gouape arrêtée menottes aux poings sur les lieux de son crime mais il venait tout de même d'être appréhendé par la brigade de recherches et il allait coucher, sinon dans une prison, du moins dans les locaux de la gendarmerie. Si l'arrestation n'était pas encore infamante, c'était tout de même une arrestation.

La maison leur sembla soudain vide, pire : désertée. Tous deux se sentaient mal dans leur peau. Ils n'avaient été d'aucun secours à Michel, et le mari comme la femme ne pouvaient s'empêcher de penser que s'ils n'avaient pas pris d'initiative malheureuse, ils n'auraient peut-être pas déclenché toute l'affaire. De quel droit avaient-ils perturbé la vie de Michel ?

Pendant un long moment, ils avaient observé la manœuvre des gendarmes qui avaient chargé la Volvo sur le plateau de leur camion. Malheureusement les Loubiakov n'étaient pas les seuls badauds. Avec les gosses devant et les adultes derrière, presque tout le village était représenté.

Bien que non conformiste, Boris souffrait par anticipation des commentaires que l'arrestation de son frère n'allait pas manquer de provoquer. Il redoutait aussi les visites importunes des rares familiers qu'il fréquentait et à qui, par urbanité, il devrait donner quelques explications.

Avant de partir, Barois avait bien voulu l'informer que le corps de la victime était déjà transféré à un hôpital de Soissons pour y être autopsié. Michel, lui, serait gardé à vue à Soissons.

Dès leur départ, pour avoir un conseil, Boris avait téléphoné à un bâtonnier qui lui avait acheté deux toiles.

Le magistrat avait promis de rappeler Boris dès qu'il aurait pris des renseignements supplémentaires mais depuis, le téléphone n'arrêtait pas de sonner. Célia qui préparait leurs bagages se précipitait pour aller répondre dans le but de ménager les nerfs de Boris. Mais à chaque appel, il exigeait des précisions pour savoir si les gens se présentaient en ennemis ou en curieux.

Parmi les fâcheux, le directeur de sa galerie de Paris lui reprocha de ne pas être passé le voir avant son départ. Il voulait lui remettre en main propre des lettres d'introduction très importantes. La télévision britannique réservait une heure d'émission au peintre, en plus du reportage en direct le jour de l'inauguration. Pour une fois, Boris l'envoya promener. Le directeur, qui n'était pas au courant du drame, dut croire que son poulain avait subitement la grosse tête quand il l'entendit raccrocher brusquement l'appareil.

Mme Valois, la seule voisine que le couple fréquentait de manière à peu près régulière, davantage par compassion que par réelle sympathie, se présenta chez eux sans avoir annoncé sa visite par téléphone comme elle le faisait habituellement.

Tous deux connaissant la bienveillance de la dame ne pouvaient l'éconduire de façon brutale d'autant moins qu'elle était veuve depuis peu de temps et qu'elle avait trouvé dans son désarroi un refuge auprés des Loubiakov.

— Je ne puis croire ce que les gens racontent, commença-t-elle sans préambule, il paraît qu'ils ont arrêté votre frère !

— Asseyez-vous, madame Valois. Nous nageons en pleine incohérence depuis hier en effet !

Célia indiquait un siège à la visiteuse qui le négligea pour se précipiter avec sympathie vers Boris dont elle enferma la main dans les siennes pour la plaquer sur son cœur.

— Mon cher pauvre ami, comme vous devez être bouleversé. Ces gendarmes chez vous, c'est inadmissible !

Boris avait l'air d'un gros chien pataud qui veut retirer sa patte.

— C'est très gentil de votre part d'être venue, mais nous-mêmes devons partir voyez-vous et...

— Allons, Boris, Mme Valois vient à peine d'arriver.

— Je comprends bien, je voulais seulement dire...

— Il s'agit d'un malentendu !

Célia, avec une suave autorité, délivra son mari en passant son bras sous celui de la veuve pour l'entraîner avec une persuasive fermeté vers le canapé.

— Mais je m'en doute bien, renchérit la dame avec une conviction profonde, je n'ai jamais douté qu'il s'agisse d'une erreur judiciaire.

— Encore heureux ! grommela Boris.

— Le terme est disproportionné, rectifia Célia. Mon beau-frère s'est spontanément mis à la disposition de la justice. Il a exigé que l'on vérifiât sa voiture pour que soit dissipé tout malentendu. Il ne peut se permettre qu'on porte atteinte à sa réputation.

Mme Valois qui trouvait la pièce plus intéressante qu'à la télévision suivait avec passion les explications de Célia.

— Je n'étais au courant de rien. Pour une fois que je n'ai pas écouté les informations ! Heureusement, Patrick, le petit-fils de Mme Franju, ma femme de ménage, m'a tout raconté ce matin. Il avait bien remarqué que la voiture de votre frère était accidentée. Alors pensez, quand ces gendarmes sont venus rôder dans le village ce matin, tout le monde était en émoi.

« Même si M. Michel ne parle pas à tout le monde, et je le comprends, on a sa fierté ! On sait que c'est un monsieur et qu'il est bien honnête.

« Un crime, pensez donc ! c'est bon pour les romans policiers ou ces anarchistes qui ne savent pas quoi faire pour se faire remarquer.

— De quels gendarmes parlez-vous ? demanda Boris en se rapprochant des deux femmes.

— Ils étaient quatre à ce qu'on m'a dit, ceux qui sont venus chez vous et deux autres plus jeunes qui interrogeaient tous les gens qu'ils rencontraient. Ils posaient des questions idiotes, sur vous, sur votre famille. J'aurais voulu qu'ils s'adressent à moi, je leur aurais dit ma façon de penser.

— Comment se fait-il que vous ne les ayez pas vus ? demanda le peintre.

Mme Valois haussa les épaules en signe d'ignorance. Ses lèvres se pincèrent légèrement, et elle hocha la tête. Il était patent qu'elle se sentait vexée de n'avoir pas été consultée. Non pas qu'elle soit à proprement parler une commère, mais elle ne comprenait pas qu'on ne lui ait pas attribué un rôle dans le seul drame que connaîtrait jamais un aussi petit village.

Boris se pencha sur la table basse pour prendre sa pipe. Célia regarda son mari comme si elle découvrait brusquement sa vraie personnalité. Il y avait trois attributs chez un homme dont Célia s'était toujours méfiée : la pipe, la barbe et le berger allemand. Ces preuves agressives de virilité n'étaient bien souvent que des pièces de panoplie derrière lesquelles se réfugiaient des êtres faibles qui avaient besoin de s'affirmer pour affronter les autres. Pas tous bien sûr, mais beaucoup et pas seulement des gamins en mal de service militaire. Au début de sa carrière, Boris n'avait pas failli à la règle. Il n'était pas sûr de son art à l'époque. Il compensait par tout un folklore qui le sécurisait : la barbe, la pipe, les pantalons de velours et un langage ésotérique destiné à choquer le bourgeois.

Dans les moments de crise, il retrouvait les gestes de sa jeunesse, et ces réflexes puérils agaçaient légèrement sa femme.

— Tu fumes trop ! remarqua-t-elle un peu sèchement, non par souci de sa santé, mais pour qu'il ne retombe pas dans le piège de ces enfantillages.

Comme un gosse pris en faute. Boris enfouit sa pipe dans la poche de son pantalon de velours. Célia était sûre qu'il aurait rougi s'il avait eu quelques années de moins.

— Votre femme a raison, le tabac est très mauvais pour la santé, je le disais toujours à mon pauvre défunt.

— En tout cas, ce n'est pas de ça qu'il est mort.

— Boris !

— Ça ne fait rien, ma chère. Quoiqu'en y réfléchissant, j'aurais peut-être préféré qu'il soit mort de maladie. Oh ! c'est sans doute égoïste de ma part mais le suicide, c'est une croix bien lourde à porter surtout pour la veuve. C'est que je ne saurai jamais pourquoi il a fait ça. Nous étions un bon ménage, nous ne manquions pas d'argent. Nous aurions pu voyager maintenant que nous avions une retraite confortable.

— Voyons madame Valois, ne pensez pas à tout ça, ça vous fait du mal.

— Pendu ! Oui ma chère, je l'ai trouvé pendu ! Je n'oublierai jamais ça. Quand j'ai ouvert la porte de la chambre et que je l'ai vu dans l'armoire à glace, ça m'en a fait deux ! Vous imaginez !

D'un geste qui était devenu un tic, elle sortit un mouchoir roulé en boule dans sa manche et en tamponna ses yeux secs.

Célia lui tapota le bras pour la réconforter. Machinalement, elle l'apaisait par de petites tapes distraites.

— Vous êtes si bonne, madame Loubiakov, et votre mari aussi bien entendu. Heureusement que je vous ai tous les deux dans mon deuil. Le monde est si méchant !

Le couple n'aurait su dire à quoi se référait ce dernier constat.

— Mais je bavarde, je bavarde, je ne suis qu'une vieille bête égoïste. Quand vont-ils relâcher votre frère ?

— Il n'est pas arrêté, je vous le précise.

— Non ? Eh bien tant mieux, je le croyais en le voyant partir avec ce gendarme qui a les lunettes, un ancien Saint-Cyrien, paraît-il.

« Alors comme ça, la petite jeune femme qui l'accompagnait est morte ?

— Mais on n'en sait rien, affirma Célia. Rien ne prouve que le corps qu'ils ont trouvé sur la route soit celui de ma belle-sœur.

— Eh bien tant mieux, ce serait trop triste. Je la trouvais bien sympathique cette jeune femme. Pourquoi elle n'est pas là ?

— Elle est sans doute à Paris. Elle avait des rendez-vous.

— Elle n'est donc pas repartie avec M. Michel ?

— Je vous en prie, madame Valois !

Boris avait bien du mal à se contenir devant cette femme maigre qui lui faisait penser à une église avec ses seins à l'intérieur.

— Nous partons pour l'Angleterre demain. Ma femme n'a pas fini les bagages. Moi-même, je dois...

— Oh ! je vous dérange, je vois bien.

— Vous ne nous dérangez jamais et vous le savez bien. Mon mari est un peu nerveux à cause de ce contre-temps et aussi parce que son exposition à Londres représente une étape importante dans sa carrière. Nous en avions beaucoup parlé souvenez-vous ?

— Est-ce que je peux faire quelque chose pour vous ?

— Nous vous déposerons Prince Igor mercredi avant de partir. Vous n'aurez pas à vous soucier, je lui ai préparé sa pâtée pour la semaine.

— C'est moi qui suis bien contente de l'avoir, c'est un bon chien et cela me fait de la compagnie.

À ce moment, le téléphone se remit à sonner ainsi que le timbre de la porte d'entrée.

En même temps, le mari et la femme se levèrent et prirent des directions différentes. Boris se dirigea vers le téléphone et Célia vers la porte. Sur le seuil, se tenaient deux hommes qu'elle ne connaissait pas. Avant qu'elle n'ait eu le temps de réaliser ce qui se passait, l'un d'eux brandit un appareil photographique et fit une série de clichés au flash. Celui qui l'escortait, ayant bloqué la porte avec son pied, lui demanda en la dévisageant avec curiosité :

— Nous représentons *L'Union*. Pourquoi votre frère a-t-il tué son amie ?

Il portait un petit magnétophone sur l'estomac pendu à son cou par une lanière de cuir.

— Je vous prie de sortir !

— C'est par jalousie ? Répondez : oui ou non ?

Boris bouscula Mme Valois qui s'était levée.

— Voulez-vous me ficher le camp !

Boris attrapa violemment sa femme par le bras et la repoussa derrière lui.

Le photographe ne perdant pas son sang-froid, mitraillait Boris qui, emporté par sa colère voulut lui arracher son appareil.

Il s'ensuivit une mêlée un peu confuse. Les deux journalistes battirent en retraite et Boris claqua la porte dans leur dos.

En se décalant un peu sur sa droite, par la fenêtre, il les vit remonter précipitamment en voiture. Ils paraissaient plus satisfaits qu'affolés. Ils ramèneraient sans doute de bons clichés. « BORIS LOUBIAKOV FURIEUX BOXE LES JOURNALISTES » Ce titre chapeautant la photo du peintre suffirait aux lecteurs même si l'information restait diluée et confuse.

Après cet incident qui avait mis Boris de fort méchante humeur, Mme Valois comprit qu'elle ne pouvait s'attarder plus longtemps bien que sa curiosité ne fût pas satisfaite.

Elle prit donc congé. Célia elle-même paraissait troublée par cette visite importune.

Dès le départ de la veuve, la colère de Boris éclata.

— Tu ne pouvais pas la flanquer à la porte celle-là, non ! On avait bien besoin d'elle, surtout aujourd'hui !

— Tu n'es pas assez grand pour faire tes commissions toi-même !

— Ce n'est pas une de mes amies, je n'en ai rien à faire moi, de la mère Valois !

— Ce n'est pas une amie. Je n'ai pas d'amie. Je vis seule ici. En recluse. Au service du grand homme. La vestale de Monsieur vingt-quatre heures sur vingt-quatre. À vie !

— Qu'est-ce qui te prend ?

— J'en ai marre, tu entends ! Marre de n'être que ton reflet, ta secrétaire, cuisinière, bonne au pair, entraîneuse.

— Mais enfin, Célia, tu deviens folle !

— Vingt ans ! Vingt ans que ça dure, que je sers d'État tampon entre les réalités et l'artiste. Vingt ans que je me tais quand Monsieur travaille, que je change ses disques sur le plateau pour soutenir son inspiration, que je conserve les repas au chaud pour que le Maître ne perde pas de temps à de viles contingences. Vingt ans que je découpe les critiques pour les coller dans un press-book et les montrer aux acheteurs éventuels en faisant mon baratin de chef de rayon : « Mais non, cher monsieur, le prix d'une toile ne se discute pas. C'est peut-être peint en deux jours, mais derrière, c'est vingt ans de travail, vingt ans de recherches formelles. Une œuvre unique ! Une création !

« En plus, avec le cadre, je vous donne gratis mes vingt ans de bons et loyaux services. Tout le monde s'en moque mais ils sont là quand même. Grâce à eux, le génie de Monsieur a pu éclore.

« Il a fallu vivre à la campagne pour la lumière, le mouvement, le frémissement de la vie !

« Mon génie est un pur esprit. Il n'aime ni le théâtre ni le cinéma ni les soupers en ville. Il n'aime rien que le silence, la nature, le travail, ses livres, sa musique, ses chants grégoriens. Alors tant pis pour Célia si, une fois de temps en temps, elle aurait préféré Serge Lama ou Souchon.

— Mais c'est fini, Célia, tu es folle. Qu'est-ce qui te prend !

— Je parle, tu entends, je parle ! J'ai ouvert la vanne. Vingt ans qu'elle est rouillée. Aujourd'hui elle fonctionne, tu entends ! Aujourd'hui je parle et tu vas m'écouter.

— Non, fous-moi la paix. Il y a autre chose à faire. Tu ne vas pas te mettre à faire des scènes comme Agnès.

— Je ne fais pas de scènes. Je te dis ce que j'ai sur le cœur et qui m'étouffe.

— Tu choisis ton moment !

Célia dégrafa le col de sa robe pour mieux respirer. Elle était livide avec des taches rouges sur les pommettes. Elle attrapait au hasard des objets qu'elle reposait nerveusement n'importe où.

Éberlué, Boris la dévisageait.

— Mais enfin, ça rime à quoi tout ça ? C'est ces journalistes qui t'ont mise dans cet état ?

— Je me moque de tes journalistes. Je me moque de ton vernissage. Je me moque de tout si tu veux le savoir.

— Ne crie pas comme ça, je te prie de te taire.

— Je crie comme les nouveau-nés parce que je viens au monde, parce que j'existe. Il faut qu'on le sache. Il faut qu'on sache que j'ai été vivante même cinq minutes avant qu'on m'enterre.

— Mais enfin, qu'est-ce qui te prend. Tu as bu ?

— Non, mais je suis ivre quand même, parce que ça macère là depuis trop longtemps.

Elle se frappait l'estomac, les yeux noyés de larmes.

— Mais qu'est-ce que tu me reproches à la fin ?

— De m'avoir colonisée.

— Quoi !

— Tu es comme les Anglais, toi. Quand ils franchissaient le Channel, ils changeaient leur chapeau melon pour un casque colonial. C'est ça le mariage pour toi. Tu plantes ton drapeau sur ton territoire tel Robinson et moi je deviens ton Vendredi. De temps en temps, une petite tape sur la tête comme pour le chien : « C'est bien, ma poulette, voilà ce que j'appelle un bœuf bourguignon ! Très bien ta lettre pour le Guggenheim, je la signe, tu pourras l'envoyer. Tu as expédié les toiles à Rio ? T'as rempli les déclarations de douane ? J'ai acheté une nouvelle voiture, une Chrysler, tu verras, elle te plaira. Quelle couleur ? Aucune importance, c'est le moteur qui compte. Un manteau de fourrure, pour quoi faire ? On ne sort pas. Brave Célia. Bon investissement une femme comme ça. Jamais malade. Dévouée, discrète, raisonnable, vigilante. Une perle, mes amis ! Ah oui ça, aujourd'hui, elle nous casse les pieds Célia mais ça passera. C'est sa révolte contre le patronat. Pas grave, une fois tous les vingt ans !

— Maintenant ça suffit, je vais me fâcher.

— Tu vas te fâcher ! Regarde-moi bien, Loubiakov, et ose répéter ça. Tu vas te fâcher ! Contre quoi ? Mon dévouement inconditionnel ou contre ton égoïsme, ta prétention ?

— Ma prétention, quelle prétention ?

— Je ne parle pas de cabotinage mais de ta suffisance qui te permet de croire que je suis comblée simplement parce que je vis dans ton ombre.

— Mais je ne t'ai jamais empêchée de faire ce que tu voulais.

— Bien sûr, pour meubler mes loisirs, quand je ne tapais pas ton courrier ou que je ne cuisinais pas ton frichti ou que je ne nettoyais pas tes pinceaux. Qu'est-ce que j'aurais pu faire ? Dis, réponds, puisqu'il fallait que je sois à ta disposition du matin jusqu'au soir. Réponds, j'écoute.

— Pardonne-moi, je suis un sale égoïste. J'aurais dû songer que tu t'ennuies toute seule toute la journée, mais moi, je suis si heureux, ici. Entre ma peinture et toi. Je n'ai besoin de personne moi, tu suffis à mon bonheur. Mais je comprends, les femmes ont besoin de bavarder entre elles.

— Et de quoi penses-tu que les femmes aiment bavarder ?

— Je ne sais pas, de tricot, échanger des recettes de cuisine, parler chiffon, se raconter des potins, non ? Moi je suis un gros ours, je ne peux pas te donner la réplique parce que je n'ai pas beaucoup de temps. Mais toi qui n'as rien à faire, c'est fatal que tu t'ennuies. Je t'avais toujours promis de t'apprendre à dessiner. Je vais le faire, ça t'amusera de gribouiller, et puis tu arriveras peut-être à faire des choses charmantes plus tard. Tu pourras peut-être même exposer un jour. Regarde Marie Laurencin…

— Tais-toi !

— Qu'est-ce qu'il y a ?

— Tais-toi, bon sang !

— Qu'est-ce que j'ai encore dit de mal ?

— Rien. Tu ne comprends rien. Alors tais-toi !

— Qu'est-ce que j'ai fait ?

— Tu sais que les femmes ont le droit de vote ? Tu sais qu'elles conduisent elles-mêmes leur voiture ? Tu sais qu'elles prennent un avion en prenant seules leur billet ?

— Dis donc, à propos de voyages, tu n'en as pas été privée.

— Parlons-en ! Des galeries à New York, à Milan, à Saint-Germain-des-Prés. Avec les chefs-d'œuvres du fantastique depuis vingt ans ! Rien d'autre ! Les mêmes têtes, les mêmes critiques, les mêmes rombières, les mêmes petits fours et le même mousseux tiède. J'en ai la nausée si tu veux le savoir !

— Tu exagères, on est quand même sortis.

— Oui, pour aller voir la concurrence dans les musées, les grands maîtres entrés dans l'histoire par la porte du cimetière ! Et après un bon gueuleton avec d'autres artistes toujours, mais pas des gens du music-hall ni du cinéma. Des peintres, oui ! parce que je suis condamnée à perpète à l'art pictural. Pas d'autre sujet de conversation. Interdite de séjour sur tout autre terrain ! Pendant que vous évoquiez votre art, vous les bonshommes, je n'avais que la femme de l'artiste à me mettre sous la dent : les histoires de ses gosses, ses rapports avec les huissiers et toujours, toujours le manque de chauffage dans son atelier trop grand !

Boris se laissa tomber lourdement dans un fauteuil. Il avait le visage chaviré d'un gros bébé. Du revers de la main, il essuya une larme qui lui coulait le long du nez. Avec un regard pitoyable de bouvier des Flandres, il demanda à sa femme avec une angoisse d'une désespérante sincérité.

— Alors, tu as été si malheureuse que ça avec moi ?

Célia se moucha puis alluma une cigarette. Elle tournait délibérément le dos à Boris. La crise était passée. Elle avait conscience de repartir pour un tour. Tout cela n'avait servi à rien. Elle se reprochait déjà son éclat.

D'une tout autre voix, elle lui répondit.

— Excuse-moi, je pense que tous ces événements m'ont porté sur les nerfs et puis ces journalistes en plus, c'est trop. Rassure-toi, ça ne se reproduira plus.

Dans son dos, elle le sentit se lever et faire quelques pas. Il la prit aux épaules, la serra contre lui et lui murmura tout bas comme s'il avait honte :

— Je t'aime, moi, je ne le dis pas souvent mais c'est vrai. Tu es ma seule raison de vivre. C'est pour toi que je travaille, pour que tu sois fière de moi.

Elle ne réagit pas à l'audition de ce vieux disque usé. Quel est le bonhomme qui ne raconte pas à sa maîtresse qu'il ne travaille que pour sa femme et ses gosses ?

D'un mouvement sans brutalité, elle se dégagea, se retourna et lui adressa le sourire qu'il attendait.

— Ça va mieux ? demanda-t-il.

Elle fit signe que oui. À quoi bon le contrarier ? Il se fichait pas mal que ça aille mieux pour elle. Ce qu'il voulait c'est que ça aille mieux pour lui.

Depuis deux jours, son univers était suffisamment perturbé pour que sa femme ne choisisse pas précisément ce moment-là pour faire sa crise d'indépendance.

— Oui, ça va mieux, répondit-elle de sa voix habituelle, celle que Boris aimait entendre en musique de fond, la rengaine, par les paroles : « Ça va mieux, rassure-toi ».

Le visage de Boris s'éclaira. Il était content. Cela se voyait à l'œil nu. Finie la révolte des esclaves, tout rentrait dans l'ordre. Il était intelligent, Boris, il comprenait que sa femme ait eu besoin de s'affirmer à son tour. Depuis qu'elle assistait aux scènes qu'Agnès faisait à Michel chez eux, c'était bien légitime qu'elle ait eu envie d'en faire une elle aussi pour être dans le vent.

Non seulement il était intelligent, Boris, mais il était généreux aussi. C'était un artiste. Célia le savait bien même si elle était un peu jalouse de son mari. Pauvre petite chérie. Il devrait bien lui apprendre à dessiner un jour, ça l'occuperait c'est vrai. Il verrait cela plus tard. Mais dans l'instant, il s'approcha de sa femme, la prit tendrement dans ses bras et dans un geste protecteur et indulgent, lui releva le menton et lui sourit pour annoncer :

— Tu sais ce qu'il va faire Boris à Londres pour sa petite Célia ?

Sa femme sourit de manière un peu crispée pour éviter surtout qu'il ne s'aperçoive qu'elle avait envie de crier mais Boris, loin de ces subtilités, poursuivit :

— Eh bien, Boris, il va acheter un manteau de vison à sa femme, voilà ce qu'il va faire parce que ça fait vingt ans qu'elle le rend heureux et qu'elle l'a bien mérité.

Célia appuya son front contre la poitrine de son mari pour qu'il ne voie pas son regard. Il crut qu'elle voulait le lui cacher sous le coup de l'émotion et peut-être aussi parce qu'elle avait honte de lui avoir fait une scène, alors qu'en retour il se montrait si généreux.

En fait, Célia appuyée contre la virile cage thoracique maritale tentait de calmer la hargne qui la soulevait comme un raz-de-marée.

Non seulement il n'avait rien compris. Non seulement il ne changerait pas, mais voilà que maintenant, il lui donnait la médaille des vieux travailleurs. Un vison pour vingt ans de bons et loyaux services !

Et le pire, c'est qu'elle devrait paraître enchantée de l'aubaine et lui dire merci en plus !

11

Mercredi

Les mass media et le téléphone arabe se chargèrent de donner au crime une publicité particulière.

Le drame s'étant produit à l'époque des vacances pendant une période creuse où l'actualité politique et sociale se trouvait en veilleuse, l'assassinat de Villers-Cotterêts détourna l'attention des quotidiens accidents de la route.

Toute la région de l'Aisne était en émoi. En révélant que Michel Farnèse était suspect, l'affaire prenait une dimension nationale parce que Farnèse était le frère de Boris Loubiakov.

En se refusant à toute interview et en voulant boxer les journalistes, le peintre ne fit qu'accroître sa renommée. Pourtant le public s'interrogeait sur son attitude peu coopérative et d'aucuns y voyaient la preuve d'une conscience troublée.

Michel était gardé à vue à Soissons. Il n'avait pas eu d'autres contacts avec Barois. Isolé, il ne pouvait savoir comment évoluait l'affaire.

Dans la matinée, elle prit pourtant une orientation différente.

Le directeur de Prémontré, un asile psychiatrique de la région, avertit les autorités qu'une de ses infirmières n'avait pas repris son service le lundi matin. Son signalement précis fut retenu.

Concomitamment, un homme exigea de parler à Barois personnellement. Ce n'était pas le premier. Dans toutes les affaires criminelles, il y a toujours quelques exaltés qui, soit par mythomanie, soit par mégalomanie, désirent jouer un rôle prépondérant dans une affaire qui défraye la chronique.

Tout policier consciencieux se doit de ne négliger aucun témoignage de crainte de laisser échapper une information importante.

C'est pourquoi Barois fit entrer ce nouvel inconnu. Un garçon de vingt-huit à trente ans pénétra dans le bureau de Mareuil que le commandant avait mis à la disposition du capitaine.

Il avait des yeux clairs, des traits réguliers et une certaine langueur dans tout le corps qui ressemblait presque à de la mollesse.

Barois, tout en poursuivant sa conversation téléphonique lui jeta un regard aigu, et d'un geste de la main, lui fit signe de s'asseoir.

Le nouveau venu obtempéra en regardant autour de lui avec curiosité. Il portait l'uniforme de la jeunesse : jean et blouson.

Il dévisageait Barois avec l'impudence d'un enfant tout en se frottant nerveusement les cuisses du plat de la main.

Quand Barois en eut fini avec le téléphone, il lui demanda brusquement :

— Vos nom, profession, domicile ?

Le garçon pencha la tête sur le côté et remarqua d'une voix douce :

— Pourquoi prendre un ton si agressif ? Je me présente de mon plein gré.

— Pourquoi avez-vous demandé à me parler personnellement ?

— Parce que ce que j'ai à dire ne concerne pas vos sous-fifres.

— Et qu'avez-vous à dire ?

— C'est moi qui ai tué la fille.

Barois se laissa aller sur le dossier de son fauteuil. Depuis la veille, il était certain que Farnèse n'avait pas commis le crime, mais par expérience, il savait aussi que quelques détraqués allaient le revendiquer. Il s'agissait pour lui de ne pas perdre de temps et de cataloguer très vite l'individu qui se tenait devant lui.

— Pourquoi ?

— Parce que je suis fou.

Le jeune homme le regardait en souriant, non pour le défier mais parce que la situation devait lui paraître cocasse.

— Votre nom ?

Il haussa les épaules et tarda à répondre.

— Oh ! mon nom, quelle importance ! Je ne suis pas un homme, tout juste un malade. (Puis se penchant vers le bureau, il précisa sur le ton de la confidence :) Un irresponsable.

— Alors pourquoi êtes-vous venu ?

— Parce que la crise est finie. Vrai ! Je suis un cyclothymique à tendance paranoïaque, qu'ils disent.

Il y avait une sorte de fierté dans sa voix comme s'il avait décliné ses titres de noblesse. Puis comme Barois l'observait, il ajouta :

— Si je ne m'étais pas présenté, vous m'auriez arrêté de toute façon dans un jour ou deux. Je ne veux pas être passé à tabac ni subir de nouveaux électrochocs. Je veux être soigné. Je veux que le public me connaisse. Quand on est célèbre, on vous ménage. Je ne veux plus être un matricule. Je suis un malade, vous entendez, un malade !

— Comment vous appelez-vous ?

— Laurent Manuel. Enfin, c'est le nom qu'ils m'ont donné à l'Assistance parce qu'en réalité je suis peut-être un prince ou le fils d'un grand artiste, je ne sais pas.

— Quel âge ?

— Vingt-neuf ans.

— Profession ?

— Malade.

— C'est un état, pas un métier.

— Oh ! entre les crises, je fais de la vannerie.

— Où habitez-vous ?

— Dans des asiles depuis huit ans.

— Le dernier en date ?

— Sainte-Anne. J'ai été transféré à Prémontré parce qu'il y a davantage de places et du bon air en plus, paraît-il. Puis mes relations ont joué. La fille que j'ai tuée était infirmière à Prémontré. Je l'avais connue à Saint-Anne. On était devenu copains. Elle m'avait promis de me faire venir dans l'Aisne à la première occasion. Elle était à Paris pour le week-end. Elle m'a ramené. Et voilà !

Il semblait s'amuser de ce curieux concours de circonstances qui l'avait mené au meurtre mais il ne mettait pas d'ironie ni d'agressivité dans sa relation des faits. Ce qui lui plaisait, c'était l'aspect inéluctable de son destin.

— Pourquoi l'avez-vous tuée ?

— Je ne sais pas.

— Racontez-moi ça.

— Quoi ?

— Ce qui s'est passé depuis le moment où elle est venue vous chercher à Sainte-Anne.

— Je l'aime bien. C'était une gentille fille.

Barois plissa les yeux derrière ses lunettes pour mieux ajuster son regard. L'homme venait-il d'employer deux temps différents dans la même phrase, parce qu'il était un malade ou un simulateur ? Difficile à déterminer.

— Comment se fait-il qu'on vous ait laissé sortir de l'hôpital ?

— Je n'étais pas en prison. Je sortais dans la journée, on ne me faisait même plus de soins.

— Alors, pourquoi vous gardaient-ils ?

— Mon dossier allait passer à la commission. J'étais guéri, sûr, vous aurez qu'à demander au docteur Morelli.

— Alors pourquoi étiez-vous transféré à Prémontré ?

— J'y allais un peu comme en convalescence, parce qu'elle l'avait demandé, enfin, un docteur qu'elle connaissait. D'ailleurs, ils s'en moquaient bien que je sois là ou ailleurs. Seulement ils ne voulaient pas me remettre en liberté tant que la commission n'avait rien décidé. Elle leur a montré ma fiche d'admission à Prémontré. Ils étaient couverts. Il m'ont laissé partir. C'est à vous ça ?

— Quoi ?

Le jeune homme désigna sur la table un briquet qui avait la forme d'une grenade.

— Non.

— C'est quoi, un briquet ?

— Oui. Non, laissez-le et dites-moi ce qui s'est passé ?

Il haussa les épaules. Cela paraissait l'ennuyer de relater les faits dans un ordre chronologique. Il préférait visiblement parler à bâtons rompus. Ou peut-être était-il incapable de respecter une certaine continuité dans son récit ?

— On a mangé sur la route, des paupiettes et de la tarte. On a bien rigolé.

— Comment s'appelait-elle ?

— Nadine.

— Nadine comment ?

— Je ne sais pas.
— Continuez.
— Quoi ?
— Après dîner ?
— On a roulé et puis après je l'ai tuée.
— Où ça ?
— À Villers-Cotterêts.
— Comment tu sais qu'il s'agissait de Villers-Cotterêts ?
— Parce que je l'ai vu inscrit sur la plaque. Faut vous dire qu'il y avait pleine lune. Et en plus, y avait aussi la forêt. C'était trop, vous comprenez ?
— Qu'est-ce qui était trop ?
— La forêt et la pleine lune.
Il se mordit la bouche dans un geste nerveux.
— Ça me fait peur tout ça. Pas vous ?
Il ne s'était même pas aperçu que le capitaine s'était mis à le tutoyer depuis qu'il commençait à prendre son récit en considération.
— Et puis en plus, y a sa voiture qu'a déraillé.
— Tu sais la marque de sa voiture ?
— Ben évidemment ! Une 404, une vieille. Elle avait des ratés. On a dû s'arrêter. J'ai regardé. Y avait un gicleur bouché. Le temps de le démonter, elle s'était assise sur une souche. Elle avait les jambes un peu écartées. Elle était belle dans le clair de lune. Ses cheveux blonds étaient tout blancs. Elle me regardait en souriant mais je savais bien que si je lui avais demandé de m'embrasser, elle m'aurait envoyé balader. Mais j'en avais envie, de ça et du reste, alors je l'ai un peu bousculée. Après, je sais pas. Elle était morte.
— Elle s'est débattue ?
— Ben forcément. Je sais pas pourquoi puisqu'elle m'aimait bien. Moi je voulais tellement que ça se passe gentiment. En copains. Mais elle criait comme

si je voulais lui voler son sac. Alors ça m'a vexé. Faut comprendre, je suis honnête, moi !

— Pourquoi tu l'as déshabillée ?

— Ben, elle était morte. Elle avait plus besoin de ses habits. Alors puisqu'elle bougeait plus, je voulais voir comme elle était belle.

— Et il ne passait pas de voitures pendant tout ce temps-là ?

Il parut frappé par cette évidence. D'un geste machinal, il se gratta le front comme pour appâter les idées qui se cachaient derrière. Puis il répondit, sidéré de n'y avoir pas pensé avant cet instant :

— Si, mais on était garé sur un accotement, puis quand elle a vu que je la voulais, elle s'est mise à courir dans le bois pour se cacher sans doute mais c'était idiot, elle aurait bien dû savoir que j'allais la trouver puisque je la voulais.

— Après ?

— Après quoi ?

— Qu'as-tu fait quand tu as compris que tu l'avais tuée ?

Il regarda fixement Barois comme un acteur qui a un trou sur scène et qui ne quitte pas des yeux le souffleur pour qu'il lui envoie la réplique.

De la tête, le capitaine lui fit un petit signe d'encouragement. Il ne lui en fallut pas davantage pour le remettre sur la voie.

— D'abord j'étais en colère, et puis j'ai eu peur. J'étais sûr que ça allait encore m'attirer des ennuis. Je ne savais pas quoi faire. Puis la pleine lune, moi je ne supporte pas, ça m'arrache les nerfs. On voit tout comme en plein jour mais c'est la nuit. C'est pas normal, ça, vous ne trouvez pas, vous ?

« Dites donc, moi, j'ai soif !

— Tu boiras tout à l'heure quand tu m'auras tout dit.

— Qu'est-ce que vous voulez que je vous dise de plus ?

— Ce que tu as fait dans la forêt après qu'elle soit morte.

Laurent se passait la main dans les cheveux. Il semblait surtout vexé d'être incapable de s'en souvenir. Il s'était présenté spontanément à la gendarmerie et voilà qu'on risquait de le prendre pour un imbécile parce qu'il ne racontait pas bien comment ça s'était passé. Il ne pouvait tout de même pas leur dire qu'il y avait des trous dans ses souvenirs et qu'avec la meilleure volonté du monde, il était incapable de les combler.

Barois comprit son désarroi et tenta de l'aider.

— Donc, elle était morte et toi tu étais très malheureux que tout se soit si mal terminé.

— Ça oui, vous pouvez me croire.

— Tu es resté à côté d'elle ou tu es remonté dans sa voiture ?

— Je sais pas. J'avais plus envie de rien. Pourquoi j'aurais été à Prémontré maintenant puisqu'elle y serait plus ? Je savais pas où aller. Je savais pas ce qu'il fallait faire. Je crois bien que j'attendais qu'il n'y ait plus la lune. Elle me gênait pour réfléchir. La lune, ça décolore le sang, vous savez ça, vous ? Si on reste trop longtemps dessous, tout votre sang se change en eau. C'est vrai. C'est un gars qui me l'a dit. Un type bien.

Son regard devenait flou. Il faisait de plus en plus d'efforts pour parler. Il y avait bien longtemps qu'il n'avait pas dû soutenir une conversation aussi longue. Sans doute était-il épuisé mais il bandait toute sa volonté pour que cela ne se voit pas.

— Ah ! oui, et puis alors le type est arrivé.

Il se mit à rire, excité subitement d'avoir retrouvé le fil de son récit.

— Quel type ?

— Le gars à la Volvo bleue. Il était avec une fille, il l'a débarquée vite fait, j'ai cru que lui aussi, il allait la violer mais il s'est tiré aussi sec.

— Comment elle était ?

— Je ne sais pas. Je ne la voyais pas bien parce qu'elle était dans l'ombre des arbres, de l'autre côté de la route. Je crois bien que je me suis caché pour qu'elle me voie pas mais je me suis dit comme ça : « Si elle te regarde, tu la violes aussi. » Ça avait été trop vite avec Nadine, vous comprenez, j'étais trop excité. Tandis qu'avec celle-là, j'aurais peut-être pu avoir une autre chance. Seulement j'osais pas traverser la route. J'avais peur qu'elle se mette à crier comme Nadine et je savais que je ne le supporterais pas, qu'il faudrait que je la tue aussi.

— Elle ne t'a pas vu ?

— Elle s'occupait pas de moi. Elle était à plus de cinquante mètres. Elle avait l'air drôlement furax. Le gars, il est revenu presque tout de suite. Il lui a balancé son sac à travers la portière. V'lan, en pleine poire. Si j'étais pas si bien embêté moi-même, je me serais bien marré.

— Qu'a fait la fille ?

— Eh bien, elle s'est plantée au milieu de la route pour arrêter une voiture.

« Les filles, elles se débrouillent mieux que les garçons. Sûr ! À la troisième qui passait, le gars l'a embarquée.

— Le gars ?

— Oh ! je ne sais pas si c'était un gars, mais sans doute. Une femme, elle aurait été trop contente qu'une autre femme soit dans les ennuis, vous croyez pas, vous ?

— Oui, peut-être. Et après ?

— Après ? Ah ! oui après… Je ne sais pas.

Laurent accusait la fatigue. De plus, il paraissait déconcerté, presque déçu. Rien ne se passait comme il l'avait imaginé. Il s'était sans doute présenté à la gendarmerie pour se valoriser, pour cesser d'être un malade et devenir un personnage, mais le rôle était lourd, nettement au-dessus de ses forces. Il devait faire un effort constant pour se concentrer et répondre à des questions précises. Autant il aimait s'inventer des histoires, autant il trouvait difficile de suivre un canevas étranger.

Barois, qui l'observait attentivement, avait l'impression de lire en lui comme dans un livre ouvert.

— Crois-moi, Laurent, ton témoignage est très important. Grâce à toi, tout va s'arranger.

— C'est vrai ça ?

La physionomie du garçon s'éclaira. Il n'avait pas dû recevoir beaucoup de compliments dans sa vie. Il était content que les efforts qu'il faisait soient perçus par un type qui l'écoutait avec sympathie.

— Je boirais bien un coup.

— C'est promis, dès que tu m'auras tout raconté.

— Mais vous savez tout.

— Non, pourquoi es-tu passé sur le corps de l'infirmière ?

— Pourquoi ? Je sais plus.

Il cherchait visiblement à se souvenir. Il avait peur de lasser son interlocuteur à cause de sa sacrée mémoire qui s'effilochait tout le temps.

— As-tu vu revenir le type à la Volvo ?

— Oui, oui, c'est ça, comment vous le savez ?

— Il cherchait sa femme, non ? Il n'est pas entré dans une borne ?

— Si, si, c'est ça. Ah ! zut, je ne m'en souvenais plus. Oui, il a fait ça. Il avait l'air toujours en colère. Après, il a tourné sur les chapeaux de roues et il a fichu le camp en direction de Laon. Alors moi, je me suis dit comme ça : « Je vais prendre sa place et on ne saura pas que c'est moi. »

— Comment ça ?

— Ben, je sais pas.

— Explique ce que tu veux dire.

Laurent eut alors une moue qui lui fit trembler le menton comme un gamin qui ne veut pas se laisser aller à un gros chagrin devant un adulte.

Il voulait bien raconter. Il faisait assez d'efforts pour tenter de se souvenir mais il ne pouvait pas expliquer, ça non, c'était bon pour les docteurs. Pas pour lui !

Barois dut le sentir confusément car il n'insista pas.

— Bon, je comprends, tu voulais qu'on croie que c'était lui qui avait tué Nadine.

— Je sais pas bien mais sur le moment, je savais que c'était une sacrée bonne idée.

— Bon, alors continue. Qu'as-tu fait de Nadine ?

— Je l'ai mise dans la 404. Ou peut-être bien qu'elle y était, je ne me rappelle plus et puis j'ai traversé la route et puis je l'ai jetée sur la route.

— Et tu lui as passé dessus avec la voiture pour qu'on ne la reconnaisse pas ?

— Oh ! non. J'ai fait une fausse manœuvre, c'est tout. Je trouvais pas la marche arrière. Je me suis gouré, je l'ai écrasée. Et puis après y a eu une voiture, alors j'avais la trouille mais elle s'est pas arrêtée. Alors j'étais furieux parce que tout ce qui était arrivé, c'était à cause de Nadine. Pourquoi elle s'était assise avec ses jambes écartées et son sourire qui m'aguichait. Je lui voulais pas de mal moi, à Nadine. Mais puisqu'elle m'avait obligé à la tuer, y avait pas de raison que je la ménage, alors je lui suis passé dessus exprès. Tant pis pour elle !

— Et puis après, tu es parti ?

— Où ça ?

— Je te le demande.

— Je sais pas.

— Dans la même direction que le type de la Volvo ?

— Je ne l'ai pas retrouvé.

— Alors, qu'as-tu fait ?

— Je sais pas.

— As-tu gardé la voiture ?

Son visage s'éclaira à ce souvenir. Il reprenait confiance.

— Oh ! non, je suis malin, moi, je suis passé devant un cimetière de bagnoles.

— Dans le bas de Laon ?

— Je sais pas.

— Continue.

— J'ai laissé la 404 au milieu des carcasses et puis je suis resté caché là, dans une autre bagnole, à l'autre bout du terrain vague. Fallait que je dorme, vous comprenez, j'étais fatigué.

— Et le lendemain, qu'as-tu fait ?

— Je sais pas. Franchement je sais pas. On parle trop vous savez.

« Aujourd'hui, j'ai fait du stop, ça c'est sûr. Je voulais vous voir. J'ai entendu ce qu'ils ont dit à la télé dans un bistrot où j'ai pris un café. Je voulais pas qu'on m'abatte comme un chien. Je savais pas où aller. J'avais peur. Je me suis dit comme ça : « Si je leur raconte tout de moi-même, ils auront pas de raison de me taper dessus. » Faut comprendre, les filles, c'est des allumeuses et moi je peux jamais en avoir une à moi. J'avais écrit à une agence une fois pour me marier mais quand j'ai avoué que j'étais à Sainte-Anne, on m'a dit que c'était pas possible. Pourtant le docteur Morelli, il assure que je suis plus fou puisque mon dossier, il va passer à la commission. Maintenant que je vous ai tout dit, vous allez me laisser tranquille, pas vrai ? Faut pas lui dire au docteur Morelli, sans quoi il donnera pas mon dossier, vous croyez pas ?

Laurent ne pouvait plus s'arrêter de parler. Il enchaînait n'importe quelle phrase parce que confusément il avait peur de ce qui allait se passer dès qu'il ne parlerait plus. Son visage était secoué de tics. Depuis son arrivée dans le bureau, il semblait se désagréger. Son langage qui avait fait illusion dans les premiers instants de son interrogatoire était parti en charpie au fur et à mesure que les efforts qu'il faisait pour rester cohérent l'épuisaient.

Il était pathétique par bonne volonté et impuissance. Il était si jeune, si démuni, si irresponsable que Barois se sentait floué de devoir se mettre sous la dent un aussi pitoyable gibier.

Être policier pour lui représentait une partie d'échecs. La lutte de l'intelligence contre la ruse et le vice.

Mais il détestait son métier quand il ramenait dans ses filets des êtres qui ne sortiraient jamais de l'enfance par incapacité de différencier le bien du mal. Pourtant la société, elle, n'hésiterait pas à les condamner, soit à la prison, soit à l'asile pour des gestes monstrueux qu'ils n'avaient pas eu conscience de commettre.

12

Barois retint le garçon pour lui faire signer sa déposition et pour vérification d'identité.

Le signalement de l'infirmière qui n'avait pas repris son service à Prémontré correspondait à celui de la victime. Le malade qu'elle escortait était bien Laurent Manuel. La 404 fut retrouvée dans une décharge de voitures du bas de Laon. Le ferrailleur, propriétaire du terrain, proposa de soulever le véhicule avec sa grue pour qu'il soit plus facile de l'examiner mais déjà des gendarmes avaient relevé sur place des traces de sang et des lambeaux de chair sous le pare-chocs.

C'était une enquête rondement menée qui vaudrait au capitaine les félicitations de ses supérieurs. Pourtant sa victoire à la Pyrrhus lui laissait un goût amer. Peut-être parce qu'il admirait Loubiakov et qu'il l'avait connu en service, au cours d'une enquête et qu'il lui serait bien difficile par la suite de se prévaloir de cette première rencontre pour reprendre contact avec le peintre. Peut-être aussi parce que son enquête avait été fort décevante dans son ensemble et que le crime d'un malade lui inspirait toujours un sentiment de pitié et d'impuissance.

Pour faire son métier convenablement, il avait besoin de conserver une vue manichéenne des faits et des gens, sinon tout était remis en question.

À quarante ans, il ne voulait pas s'offrir ce luxe.

Il téléphona chez lui pour avoir des nouvelles de sa fille qui avait les oreillons mais sa femme ne répondit pas. Elle était probablement sortie faire des courses.

Contrarié, il raccrocha mais aussitôt reprit l'appareil pour appeler Loubiakov, quand un planton vint l'avertir qu'une dame demandait à le voir. D'un geste agacé, il consulta sa montre. Il n'avait rien pris depuis le matin et son estomac commençait à le tirailler.

— Qu'est-ce qu'elle veut ? demanda-t-il, bougon.

— C'est au sujet de l'affaire.

— Son nom ?

Le planton déposa sur le bureau le papier quadrillé où il avait inscrit d'une écriture appliquée : Agnès Ferraubois.

Incrédule, Barois relut le nom.

— Faites entrer, dit-il en vérifiant machinalement le nœud de sa cravate.

Le planton qui, sans comprendre voyait revenir la bonne humeur sur le visage du capitaine, s'empressa d'obtempérer.

Quelques secondes s'écoulèrent puis un martellement de talons hauts réveilla le couloir endormi.

Le planton ouvrit la porte, s'effaça pour laisser entrer l'inconnue et referma la porte.

Agnès se tenait dans la pièce et regardait Barois qui ne la quittait pas des yeux.

Sa toute première impression fut de déception. Elle lui parut insignifiante, d'une taille un peu au-dessous de la moyenne. Il se reprocha ce réflexe. Il avait toujours été fasciné par les filles blondes, longilignes et de type norvégien, ce qui ne l'avait pas empêché d'épouser une petite brune au type méditerranéen qui avait une solide dose de bon sens et d'humour.

Il invita la jeune femme à s'asseoir.

— Vous vous appelez bien Agnès Ferraubois ?

Sans répondre, elle ouvrit son sac à bandoulière et en sortit une carte d'identité qu'elle posa sur le bureau. Barois n'y jeta qu'un coup d'œil et la lui rendit.

— Alors ? demanda-t-il en souriant, ou plutôt en étirant vers les oreilles ses lèvres fermées.

— Alors j'ai vu que vous aviez arrêté Michel Farnèse pour le meurtre de son amie. Je suis son amie. Je viens le reprendre.

— Comme un objet à la consigne ?

— Si vous voulez.

La voix était belle, ronde, pleine. Elle parlait calmement. Elle n'avait rien dit d'exceptionnel, pourtant les mots dans sa bouche ne servaient pas que l'information. Derrière leur concision, Barois subodorait un arrière-pays. Il poursuivit :

— Puis-je vous demander pourquoi vous ne vous êtes pas présentée plus tôt ?

— Je n'ai appris le crime que ce matin. Me voici. Considérez-vous que j'ai perdu du temps ?

— Que s'est-il passé ?

— Pardon ?

— Pouvez-vous me donner votre version des faits ?

Elle s'appuya sur le dossier de son siège, cueillit une cigarette dans son sac. Barois se leva, prit sur la table le briquet grenade et la lui alluma.

Appuyé des fesses à la table, il croisa ses jambes et les allongea devant elle, puis l'observa en jouant machinalement avec le briquet.

— Ma présence signifie que vous avez arrêté Farnèse à tort. Les excuses de la gendarmerie ne seraient pas superflues, non ?

Le capitaine eut une petite mimique amusée.

— Un gendarme n'est pas un mage et la vérité n'est pas si facile à découvrir. Entre les fausses pistes et...

— C'est votre problème, pas le mien.

— Vous ne voulez pas me dire ce que vous avez fait dimanche soir à deux heures du matin quand tout le monde, y compris votre ami, a perdu votre trace ?

Agnès regarda le capitaine droit dans les yeux.

— Je pourrais vous le dire, bien entendu, mais j'estime que cela ne vous regarde pas.

— Entraver la bonne marche de la justice est un délit qui relève du code pénal.

— Arrêtez votre cinéma voulez-vous, et ne renversez pas les rôles. Farnèse est maintenu en détention arbitraire. Vous n'avez aucune charge contre lui et le fait que je sois dans votre bureau prouve que vous avez fait fausse route.

Barois repoussa ses lunettes qui glissaient sur son nez. Il observa plus attentivement la jeune femme et se demanda brusquement comment il avait pu la trouver insignifiante. Elle était mieux que jolie : rare, harmonieuse, tissée dans un camaïeu auburn où les bruns se mêlaient aux roux avec des touches d'or. C'était un paysage qu'il fallait mériter et qui n'affichait pas le clinquant factice des filles qui s'exhibent nues sur tous les magazines du plaisir.

Elle parlait posément sans la moindre agressivité avec une bonne foi si évidente qu'elle rendait leur entretien déconcertant. Pour la satisfaction de le faire durer, il poursuivit :

— Ce n'est pas si simple, mademoiselle Ferraubois. Si vous n'êtes pas la victime, il y en a une tout de même et tant que nous douterons de son identité, nous garderons nos suspects.

— Pour souligner votre incompétence ?
— Pour prouver notre prudence.

Elle lui sourit, de grandes dents blanches un peu bombées.

— Nous nous sommes engueulés, Farnèse et moi, sur la route dimanche soir à deux heures du matin.

— Quel était l'objet de votre querelle ?

Le sourire d'Agnès s'accentua. Visiblement elle s'amusait à choquer le gendarme.

— Les voluptés de remplacement, vous connaissez ? La table, la hargne et le maso-extra : « On n'est pas les plus heureux, tant pis ! alors on sera inégalable dans le malheur. »

Il s'abstint de tout commentaire. Peut-être après tout avait-il joué lui aussi à ce jeu-là.

Agnès poursuivit :

— Le crime a eu lieu à trois heures, paraît-il. Cela lui laissait peu de temps pour lever une fille, fatalement une auto-stoppeuse et la tuer sauvagement, sans raison, sur une route déserte. Logique tout ça, non ? C'est comme ça que vous raisonnez dans la police ?

— C'est votre version ?

— Vous savez pertinemment que ça ne tient pas debout. Farnèse a été victime d'un malheureux concours de circonstances.

— Vous concluez un peu vite.

— Vous avez examiné sa voiture ?

— Oui merci.

— Les empreintes ?

— Décidément, vous auriez dû vous engager chez nous, tous les deux.

— Résultat ?

— Eh bien, à première vue, vous avez gagné tous deux un porte-clé car lui aussi m'a tenu le même raisonnement.

— Ah ! vous voyez !

Il l'observa avec une curiosité qui n'était plus policière.

— Il paraît que vous allez partir en Amérique, on va tourner un film d'après une de vos œuvres.

— Comment savez-vous cela ?

— J'ai fait mon enquête.

Elle leva un sourcil dubitatif et le gratifia d'un sourire ironique.

— Alors je suppose que vous avez appris bien autre chose, que j'étais une enquiquineuse, une fugueuse et que j'avais eu une sacrée chance. Je ne suis pas écrivain mais j'ai décroché le coquetier pour une nouvelle bâclée en dix pages par une soirée pluvieuse, comme Mary Wollstonecraft.

Chez toute autre femme, ce langage aurait senti la provocation et la suffisance. Chez elle il y avait une sorte d'ironie tendre qui prouvait que si elle ne prenait pas les autres au sérieux, elle avait encore moins de considération pour sa personne.

Barois l'observa et sourit à son tour. Curieusement il ressentit le climat particulier qui s'établissait entre eux et il eut la certitude qu'il allait passer à côté de quelque chose d'important.

Bien que marié, père de deux enfants et considérant la vie d'un œil raisonnable mais sceptique, il sut, à cette minute, que tout pouvait être remis en question et qu'il s'était peut-être trompé de destin.

Pourtant rien d'essentiel ou de particulier n'avait été échangé, seulement les ondes dégagées par les moindres mouvements d'Agnès créaient des vibrations d'une qualité si rare et si fugace qu'il en restait éberlué.

Tandis qu'elle parlait, il se prit à rêver de manière informelle d'une vie faite de fantaisie et de démesure, de passions et de drames avec toujours un degré de fièvre en trop et il eut la conviction que les gens raisonnables n'ont pas la meilleure part. Pour tenir la distance, ils se ménagent et c'est le contraire de la vie. Agnès lui parut autrement riche que lui. Elle dilapiderait son capital-vie sans compter mais au bout du compte, elle serait la grande gagnante. Avec ses taches de rousseur, ses yeux mordorés, elle semblait faite de fourrure, de martre sans doute. Même en hiver, des éclats de soleil devaient rester dans ses cheveux et son sourire.

Tous les poncifs lui venaient à l'esprit : les coquillages des oreilles, les perles des dents, les étoiles des yeux. Il ne tombait pas amoureux. Il n'était plus assez jeune, ni assez fou pour cela mais il avait la nostalgie de ne pouvoir l'être et à la détailler complaisamment, il savait ce qu'il perdait.

Face à lui, forte et vulnérable, belle et intransigeante, elle venait lui réclamer son amour du moment, un homme parmi d'autres dont elle aurait oublié le nom cinq ans plus tard.

Barois n'entrait dans sa vie qu'à titre de comparse parce qu'ils n'avaient pas été programmés pour être complémentaires.

Mais pour un moment très fugitif, les circonstances les plaçaient sur la même longueur d'onde, comme deux bâtiments qui se croisent la nuit dans le brouillard et qui savent que chacun existe pour l'autre à cause du mugissement de leur sirène respective.

Par instinct de femme, elle parut détecter ses pensées et lui sourit à nouveau avec sympathie parce que pour elle les êtres avaient plus d'importance que les événements.

— C'est un curieux métier que vous faites là, remarqua-t-elle sans aucune trace d'esprit critique. Toujours confronté à la mort quand elle est violente injuste et sale.

— Pourquoi sale ?

— Le crime entraîne des séquelles crapuleuses et indécentes.

— Mais encore ?

— Je n'ai rencontré des morts qu'aux actualités ou à la télé dans des guerres civiles ou des accidents. Ils étaient toujours à moitié nus dans des positions grotesques et, pour les vivants, ils n'étaient plus rien que des sujets de curiosité et de dégoût. La mort est noble, il ne faut pas la bafouer.

— C'est quoi la mort pour vous ?

Elle répondit sans hésiter.

— La fin d'un cycle. Il n'y a aucun hasard là-dedans. Tout est régi par des lois mystérieuses qui correspondent à des niveaux initiatiques.

— Et quand un enfant meurt, comment justifiez-vous sa vie ?

Le sourire d'Agnès s'accentua.

— Je ne peux pas répondre à la place de Dieu.

Il lui rendit son sourire.

— Vous êtes croyante ?

— J'aimerais bien. (Elle eut une moue de petite fille et prit un ton sentencieux pour déclarer :) L'homme sans religion est une balle qui tombe dans un escalier.

Comme il lui semblait détecter une amorce de sourire ironique sur les lèvres du capitaine, elle s'empressa d'ajouter :

— Ce n'est pas de moi vous savez, mais de Bouddha.

— Parce que vous êtes ?

— Non, mais la religion catholique au vingtième siècle, c'est dépassé. Dans une civilisation matérialiste « engeôleuse », il est logique que les paradis soient artificiels et se monnayent. Malheureusement la drogue n'est que le pire des ersatz, non ? Malraux l'a bien compris quand il a dit : « Le vingt-et-unième siècle sera religieux ou il ne sera pas. » Vous n'êtes pas de son avis ?

Brusquement elle éclata de rire.

— C'est une curieuse conversation que nous avons là, vous ne trouvez pas ?

— Allez au bout de votre théorie. Où voulez-vous en venir ?

— Moi, à rien ! Je constate sans plus. Puisque l'homme préfère accommoder sa prison plutôt que d'en sortir, il faut bien miser sur la mort, non ? La vie ne suffit plus. Pourtant c'est quelque chose de fabuleux d'être vivant, à la fois si extraordinaire biologiquement s'entend, d'une telle complexité et d'une telle fragilité à la fois. Tout ce que l'on met dans une vie, les études, les luttes, les ambitions, les souffrances, le bonheur, le désespoir, les souvenirs. Et pour quoi ? Pour rien ! Pour mourir ! Cela n'a aucun sens, non ? La mort doit donc fatalement déboucher sur quelque chose puisqu'elle dure toujours. On n'en finit pas d'être mort alors que la vie est si courte, si pleine d'agitation et d'absurdité.

— Et d'après vous, après la mort, que se passe-t-il ?

— On se prolonge sans doute dans un autre élément, l'inorganique, l'éther pour accéder à la connaissance, peut-être… enfin, j'espère.

— Vous devez me prendre pour une folle, non ?

Il l'observa longuement en se demandant si elle était sincère ou si elle s'amusait de lui, mais elle enchaîna sans lui laisser le temps de conclure.

— Et vous, dites-moi ce qui vous plaît dans votre métier ? L'uniforme ?

Sous la boutade, il sentit qu'elle contestait sa bonne foi. Pour elle, un homme de police ne pouvait être qu'un flic. Il s'en voulut d'être touché par son jugement.

Il poussa un soupir, se décolla de la table et, à pas lents, retourna s'asseoir à son bureau.

Agnès écrasa sa cigarette dans le cendrier et le buste penché en avant interrogea Barois.

— Alors, vous me le rendez mon bonhomme ?

— Bien sûr, je vais vous le rendre et je suppose qu'une fois sortie de mon bureau, cette histoire ne sera plus pour vous qu'un cauchemar.

— Même pas, une erreur de parcours tout simplement.

Subitement il lui en voulut de son intransigeance. À la voir le défier comme une petite Antigone que rien ni personne ne semblaient pouvoir intimider, il ne put résister au besoin d'en rajouter pour forcer ses défenses.

— Puisque vous écrivez, la situation devrait vous intéresser. D'une part, au centre du décor, vous et Farnèse, deux personnages qui s'affrontent, auréolés de passion. Tout est en place pour le crime passionnel, y compris les circonstances et les motivations. D'autre part, dans l'ombre, un autre couple qui n'a ni mobile ni liens affectifs et qui sera détruit par le crime. L'assassin restera lié à sa victime. À tout jamais. Et vous les amants terribles, vous rappelerez-vous encore vos prénoms dans six mois ?

« L'absurdité de la vie et de la mort ! D'une part, une histoire construite où tout se tient, où l'on se retrouve dans un monde rationnel où tout se justifie. De l'autre, l'incohérence, le hasard, la folie. Voilà un bien curieux exemple de l'alchimie dont vous venez de parler.

« Non vraiment, cela ne vous tente pas d'écrire cette histoire ?

Puis il ajouta avec ironie pour se moquer de son assurance :

— Je peux vous fournir tous les détails, vous n'aurez que les noms à changer.

— Où voulez-vous en venir ? À justifier les erreurs judiciaires ?

— Non, mais peut-être à souligner la fragilité des jugements humains.

— Pour atténuer votre responsabilité dans la détention arbitraire de Farnèse ?

— Je vous avouerai, mais bien sûr, rien ne vous oblige à me croire, que je n'ai arrêté votre ami que dans le but de l'utiliser comme appât.

Elle perdit un peu de son assurance et le dévisagea avec curiosité.

— Que voulez-vous dire ?

— C'était le suspect idéal. Je me méfie toujours de ces hasards miraculeux au départ d'une enquête, mais je l'ai interrogé peut-être surtout parce qu'il était le frère de Loubiakov et qu'en fait, c'était lui que j'avais envie de connaître. Loubiakov soutenait son frère avec maladresse mais avec une détermination farouche. Cela me l'a rendu encore plus sympathique. Rare, un artiste qui ne soit pas égocentrique.

— Pourquoi avez-vous utilisé Michel comme appât ?

— Parce qu'à mes yeux Farnèse n'était pas coupable, il n'avait pas d'alibi. Tout se liguait contre lui. S'il avait tué, il aurait fui ou bien il aurait dressé un plan de défense et son frère l'aurait couvert.

— C'est vrai, ils ont la chance d'être amis bien qu'étant de la même famille.

— Et puis surtout ce n'était pas un crime de bourgeois mais de sadique ou de dément. Alors, pour épingler le vrai responsable je devais laisser croire à l'assassin que l'enquête était close.

— C'est fait ?

— Oui mais ce n'est pas un bourreau, c'est encore une victime. Cela m'en fait deux sur les bras.

— Pour vous les gens ne sont que des pièces sur un échiquier, non ?

— Ne croyez pas ça, les êtres me passionnent. Je veux les comprendre, les aider. Ils sont si seuls, si paumés. Tuer, c'est bien souvent leur façon de crier au secours.

— Vous auriez dû être prêtre, vous !

Ce fut à son tour de sourire de sa manière si personnelle.

— Je ne crois pas non plus à une religion basée sur un mauvais calembour : « Tu es Pierre et sur cette pierre, je bâtirai mon église. »

En riant, elle lui demanda :

— Et aujourd'hui, qu'avez-vous attrapé dans vos filets ?

Barois évita le regard de la jeune femme. S'il n'était pas fier de sa prise, il lui déplaisait encore plus de l'admettre devant son expression dubitative.

— Un pauvre gosse déboussolé qui est dangereux sans le savoir.

« Je sais, poursuivit-il avec résignation, les Français ont plus de sympathie pour les voleurs que pour les gendarmes, à condition bien sûr qu'ils ne soient pas concernés par le crime.

« Crier “À bas la peine de mort !” doit les convaincre de leur libéralisme et de leur tolérance. En prenant Mesrine pour Mandrin, ils croient sentir passer sur eux le souffle de l'aventure.

Agnès se leva, glissa sur son épaule la bandoulière de son sac.

Il sut à cet instant que cette jolie fille n'était pas faite pour les gens de police mais pour le rire, le soleil et le bonheur. Ils étaient passés à côté du dialogue qui aurait pu les brancher sur la même longueur d'onde. Barois le savait mais ce qu'il ignorait, c'étaient les mots qu'il aurait dû employer pour tresser une corde qui les relie l'un à l'autre.

— Alors vous me le rendez ?

— Si vous voulez bien attendre à côté quelques minutes, il va venir vous rejoindre.

Elle le regardait, son sourire s'accentua et devint plus ironique encore.

— Je suppose que vous attendez des remerciements de ma part ?

— Je suppose, répondit-il en écho, qu'en d'autres circonstances, nous aurions pu devenir amis.

— Je ne crois pas, moi je serai toujours du côté de la liberté. Inconditionnellement !

Elle lui tendit sa petite main vierge de bagues et de vernis à ongles. Il la prit dans les siennes.

— Croyez-moi, ne vous disputez plus à l'avenir, cela n'en vaut pas la peine. La vie est trop courte.

— Voilà au moins un point où nous sommes d'accord. À mon tour, laissez-moi vous donner un conseil : vous souriez beaucoup mais essayez de rire de temps en temps, pas par gaieté hélas, mais par décompression. Le rire c'est la seule soupape de sécurité, croyez-moi.

Avant de sortir, elle lui fit cadeau de son sourire, des paillettes de son regard, du contact chaleureux de sa main, de la grâce de toute sa personne. Puis elle passa la porte et il n'y eut plus rien qu'une pièce vide et nue où il se retrouva seul.

13

Assise dans un couloir, Agnès attendait patiemment qu'on lui rende Michel.

Par la fenêtre, elle voyait une petite place, un mail. Les vieux, autrefois, venaient y prendre l'air sans être importunés par le soleil. Les femmes y bavardaient entre deux lessives. Les transistors ne les avaient pas encore réduites au silence et à la solitude de leur cuisine super-équipée, four programmateur auto-nettoyant, rôtissoire électrique, machine à laver, six programmes, essorage-séchage compris, robot broyeur transformant légumes, fruits, viande en liquides colorés garants de bonne mine, le tout dans un univers aseptisé de formica sur fond de papier décor autocollant, dans un isolement glacé et déshumanisé.

Le vent agitait les feuilles et les feuilles jouaient avec le soleil, cachant le ciel, livrant le ciel, frémissantes, vibrantes, libres.

Les nuages partaient en caravane pour on ne sait quelle transhumance.

Du premier étage où se tenait Agnès, elle ne voyait qu'un fragment de paysage qui se découpait sur le ciel à plus de deux mètres du sol où les hommes n'avaient plus accès. C'étaient des toits de maisons, des arbres, des oiseaux qui se posaient en doubles croches pour improviser une mélodie sur des fils télégraphiques. Aucun bruit ne montait de la rue mais tout vivait pourtant. La brise agitait un rideau derrière une fenêtre ouverte. Une fumée montait d'une cheminée. Au loin, du linge se gonflait sous le vent. Un paysage immuable. Cent ans plus tôt, cent ans plus tard. Toujours aussi paisible. Seule la présence de l'homme rompt l'harmonie de la nature.

Au bout d'un moment, le planton vint la chercher et la fit descendre dans la cour.

Elle aperçut Michel adossé à la Volvo. Les bras croisés sur la poitrine, il semblait guetter sa venue. Elle le soupçonna d'avoir peut-être soudoyé un fonctionnaire pour qu'Agnès ne le voie pas arriver flanqué de deux gendarmes. Il avait eu le temps également de récupérer sa voiture.

La première impression de la jeune femme en le retrouvant fut qu'il avait bonne mine et qu'il n'avait pas changé. Puis intérieurement, elle sourit. Ils ne s'étaient pas vus depuis trois jours, les ravages du temps n'avaient guère eu le temps d'opérer.

En descendant les marches pour la rejoindre, elle ne perdait rien de son expression à la fois pathétique et inquiète sous une trompeuse indifférence.

Agnès s'approcha de lui et, pour ne pas se donner en spectacle, l'embrassa fraternellement. Il ouvrit la portière et la fit monter tant il avait hâte de s'en aller mais personne ne s'occupait d'eux. Il y avait peu d'allées et venues dans la cour et leur célébrité ne venait pas de leurs visages mais de leur situation.

Ils n'échangèrent pas un mot durant la traversée de Soissons mais dès qu'ils abordèrent la nouvelle route qui délaisse Crouy pour rejoindre

Laon. Michel ne put se retenir de poser la question que guettait Agnès.

— Où étais-tu ?

— Nous parlerons de tout cela plus tard si tu veux bien.

— Mais…

Tout de suite, elle l'interrompit sans aucune nervosité, avec un grand calme au contraire.

— Je ne veux pas de dispute, Michel, je ne le supporterai pas.

— Qui parle de dispute ? Je peux tout de même te demander ce que tu étais devenue depuis dimanche parce que si je l'avais su, cela m'aurait évité d'être arrêté de manière aussi arbitraire et de coucher en tôle.

— Une nuit… remarqua-t-elle en souriant, ce n'était pas la déportation.

— Et le scandale, qu'est-ce que tu en fais, le scandale pour moi et pour Boris ? Je suis sûr qu'il ne me le pardonnera jamais, Boris.

— Je vois que tu te soucies moins de ce que je suis devenue que de la réputation de ton frère.

Il lui jeta un bref regard.

— Oh ! toi, tu n'as rien d'une victime. Tu ne le seras jamais. Quelle heure as-tu ?

Elle consulta sa montre d'un air étonné.

— Une heure trente, pourquoi ?

— Boris et Célia partent pour Londres aujourd'hui mais je ne sais pas du tout à quelle heure est leur avion. J'espère qu'ils seront encore là.

— Ç'aurait été trop simple de leur téléphoner.

— Barois m'a promis de le faire.

— Barois ?

— Le capitaine qui m'a arrêté.

— Vous en êtes aux relations mondaines à présent ?

— Il me devait bien ça.

Toujours ironique, elle souligna :

— Pour compenser son erreur judiciaire.

— Ça suffit, Agnès, ne plaisante pas. J'ai passé de sales moments.

Elle ne répondit pas et regarda le morne tronçon de route bête et banale avant que ne s'amorce la descente sur Filain où d'un seul coup, le paysage devient bleu avec des lumières froides et pures dans une paix si sereine qu'on ne peut douter alors d'être arrivé au bout de son chemin. Paysage que l'on reconnaît pour son pays et sa couleur, et qui vous délivre de la nostalgie d'aller chercher un ailleurs au-delà de la colline.

La maison de Boris, nichée dans la verdure et recouverte de lierre, ouvrait ses baies sur une pièce d'eau où venaient boire les oiseaux.

Des peupliers d'Italie bordant le lac bruissaient sous la brise qui échevelait aussi d'immenses peupliers montant la garde derrière la maison.

Tout le jour, leurs chants se mêlaient et leurs cimes se balançaient en cadence.

De l'autre côté de l'étang, une quinzaine de sapins se dressaient immobiles et sombres. Entre les arbres, le terrain déroulait son tapis de trèfles et d'orties en attendant que Boris y semât de la pelouse. Le silence était paisible. La scie d'une guêpe parfois ou le flop régulier des pales d'une moissonneuse et de temps à autre, la cloche d'une église dans le lointain. Rien d'autre.

La maison, outre les chambres, possédait deux pièces qui lui donnaient son âme : le grenier et le salon.

Le grenier évoquait la nef d'un navire renversé. Fait de bois et de pierres apparentes, il s'étirait sur toute la longueur de la maison, soit plus de vingt mètres. Là vivaient les Loubiakov quand Boris ne peignait pas, sinon, ils campaient dans une bohème sympathique dans le salon du rez-de-chaussée, grande pièce dallée aussi vaste que le grenier. Boris en avait fait son atelier. Ses toiles couvraient les murs. Des divans bas les longeaient et des meubles de pays y finissaient leurs jours dans des craquements de vieux bois. Partout des fleurs à même le sol dans de grandes jarres de terre. Une ancre de marine symbolique signifiait que l'amarre était jetée et qu'il n'était plus nécessaire de trouver un autre mouillage.

Agnès aimait Célia parce qu'elle était belle, généreuse et pudique, et pour des raisons presque opposées elle aimait Boris parce que son égocentrisme était inconscient, parce qu'il avait du talent et que sans Célia, il aurait été perdu et vulnérable comme un enfant.

Grand, massif, taillé à coups de serpe, ses cheveux gris et drus bouclaient bas dans la nuque mais ses yeux bleus trahissaient son charme et sa faiblesse.

Quand la Volvo pénétra dans la propriété et se gara sous les arceaux de glycine, Michel n'eut pas à klaxonner pour avertir sa famille. Boris et Célia précédés de Prince Igor sortaient de la maison à leur rencontre.

Avec son célèbre sourire de boucanier, Boris s'approcha d'eux à grands pas.

Michel avait à peine coupé le contact que déjà Agnès ouvrait sa portière et se jetait dans les bras de Célia. Les deux femmes s'embrassèrent en pleurant.

Boris et Michel se donnaient l'accolade et il n'était pas certain que leurs yeux ne soient pas humides.

— Pourquoi n'as-tu pas téléphoné ? réussit à demander Boris au bout d'un moment.

— Barois ne t'a pas appelé ?

— Non. Tu es libre ?

— Oui, bien sûr.

— Célia ! Ils me l'ont rendu !

Les deux femmes éclatèrent de rire puis elles se dirigèrent vers la maison en se tenant par la taille.

— Mais qu'est-ce qui s'est passé ? demanda Boris quand ils furent entrés tous les quatre dans l'atelier.

— Je lui ai déjà demandé mais elle ne veut pas répondre. La voix de Michel était chargée de rancœur.

— J'ai fait du stop, c'est tout.

— Et tu n'es pas rentrée à la maison ?

— Non.

— Alors où étais…

— Laissez-la, Michel, elle vous le dira plus tard. L'essentiel est que nous soyons réunis, enfin !

— Pas pour longtemps, objecta Boris, on part dans une demi-heure.

— J'avais la frousse de vous manquer. Demande à Agnès.

— Ont-ils arrêté le coupable ?

— Oui, c'est un malade mental. Il a tué l'infirmière qui assurait son transfert de Sainte-Anne à Prémontré.

— Bon Dieu ! Tu l'as échappé belle !

— Oui, je ne souhaite à personne de vivre ce que j'ai vécu depuis dimanche.

Puis voyant Agnès qui ne semblait pas attacher d'importance à ses propos, il insista :

— Tu as entendu ce que je viens de dire ?

— Si nous ne nous étions pas disputés, rien ne serait arrivé.

— J'espère que cela vous servira de leçon, remarqua sentencieusement Boris.

— Voyons, chéri, ne joue pas les pères nobles.

— Je n'aime pas me mêler de vos affaires, mais enfin pourquoi vous engueulez-vous toujours alors que vous ne pouvez pas vivre l'un sans l'autre ?

— Boris, mêle-toi de tes affaires et par pitié abstiens-toi de faire de la morale, c'est tout à fait ridicule.

Boris jeta un regard furibond à sa femme qui pourtant jusque-là avait partagé son point de vue.

Le premier moment d'émotion passé, Agnès semblait s'être reprise et malgré sa tendresse pour Célia, elle avait son petit visage buté des mauvais jours comme si c'était à elle que Michel avait joué un vilain tour.

Farnèse ne cessait de l'observer d'un air à la fois inquiet et pathétique.

Malgré la joie des retrouvailles, une sorte de gêne planait entre eux quatre. Ils avaient trop de choses à se dire mais ils n'avaient pas de temps pour le faire. Une demi-heure, c'était à la fois trop et trop peu. Préoccupés par leur départ, les Loubiakov devaient penser à mille petits détails. Ils ne pouvaient interroger Agnès sans ménagement et ils allaient devoir partir sans savoir ce qui s'était passé vraiment entre les amants terribles. Michel, bien qu'il fût heureux d'avoir pu retrouver son frère avant son départ, dissimulait mal sa secrète impatience d'être seul à seule avec son amie pour savoir ce qu'elle avait fait du moment où ils s'étaient séparés.

Les hommes avaient bien l'impression que les femmes n'osaient pas leur demander de les laisser seules pour échanger des confidences. Ils feignirent de ne pas le comprendre, ne pouvant se résoudre à être mis sur la touche.

Boris proposa brusquement.

— Restez donc ici tous les deux en attendant notre retour.

— Quand revenez-vous ? demanda Michel.

— Samedi, par l'avion du soir. Je ne m'en ressens pas pour affronter un dimanche anglais.

— Qu'est-ce que tu en penses ?

Agnès haussa les épaules et répondit laconiquement à Michel :

— On verra.

— Cela nous ferait plaisir, insista Célia.

— On verra, ma chérie, mais partez tranquilles tous les deux, je sais à quel point cette exposition est importante pour Boris. Je vous souhaite tout le succès du monde.

— Et si on partait avec eux ? proposa Michel, séduit soudainement par cette idée.

— C'est une initiative merveilleuse, remarqua Célia. Nous fêterons ensemble la fin de ce cauchemar.

— C'est vrai ça ! Rien ne pourrait me faire plus plaisir, surenchérit Boris.

— Pardonnez-moi de jouer les trouble-fête, mais j'ai d'autres projets.

En prononçant cette phrase, Agnès regardait Célia comme s'il était important pour elle que sa belle-sœur comprenne qu'il ne s'agissait pas d'un caprice.

Boris, qui se rendait compte que le temps n'était pas au beau fixe entre les amants terribles, voulut une fois de plus jouer les médiateurs.

— Eh bien, restez donc ensemble un jour ou deux et venez nous rejoindre.

Ce fut au tour de Michel de répondre d'un air gêné.

— On verra…

— Boris, je crois que nous devons partir maintenant.

Le peintre se tourna vers sa femme.

— C'est vrai, ce sacré avion ne nous attendra pas.

— Tu prends ta voiture ?

— Non, Riley descend à Paris, il nous jettera à Orly.

— Quel Riley ?

— Le pharmacien.

— Alors tu reviendras comment ?

— On prendra le train.

— Non vieux, j'irai vous chercher.

Michel ajouta en se tournant vers Agnès :

— Nous irons vous chercher tous les deux et je vous offrirai une sacrée nouba.

— Pressons-nous, conseilla Célia en entendant Riley qui klaxonnait pour les appeler.

Michel et Agnès aidèrent les Loubiakov à charger leurs bagages dans la voiture de Riley.

Farnèse dut promettre à son frère de rester quelques jours avec lui à Filain dès son retour de Londres.

Les deux femmes s'embrassèrent en se murmurant quelque secret à l'oreille.

Boris repartit au pas de charge vers la maison pour chercher ses lunettes qu'il avait oubliées.

Pendant ce temps, Célia indiquait à Michel le numéro de vol de leur avion de retour. Puis le peintre et sa femme s'engouffrèrent dans la voiture de leur ami.

Par civilité, Michel dut échanger avec le couple Riley quelques phrases anodines pour ne pas trop paraître les ignorer, puis la voiture démarra.

Ils s'adressèrent encore des adieux par gestes puis un nuage de poussière blonde enroba l'arrière de la voiture.

La grosse voix de Prince Igor en pension chez Mme Valois aboya une série de reproches. Puis la poussière retomba. Le calme revint. Et Michel et Agnès se retrouvèrent seuls.

14

Le silence entre eux devint épais tandis qu'à pas lents ils regagnaient la maison. Michel referma la porte sur leur dos, doucement comme s'il était primordial de ménager l'ambiance de leur intimité retrouvée.

Tout naturellement, ils s'installèrent au salon et tandis que la jeune femme s'allongeait, jambes repliées, sur un des sofas, Michel, sans la consulter versa deux grands whiskies dans des verres et en tendit un à son amie.

Il attira un pouf de cuir pour s'asseoir à ses pieds, faisant pensivement tourner son verre entre ses doigts, appuyé par les coudes à ses genoux écartés.

— Je suis heureux que tu sois là, ma chérie. J'avais hâte de voir Boris avant son départ mais j'étais surtout impatient de me retrouver seul avec toi.

Agnès ne répondit pas et plongea le nez dans son verre.

Ils demeurèrent chacun absorbé par leurs propres pensées et il semblait que tous deux voulaient retarder le moment d'entamer une discussion importante.

Voyant que son amie ne voulait pas prendre l'initiative d'ouvrir le débat, Michel remarqua au bout d'un moment :

— Peux-tu imaginer ce que j'ai ressenti quand j'ai été soupçonné de t'avoir tuée ? Soupçonné non seulement par ce gendarme mais par Boris qui en était persuadé. Ce n'était pas le pire pourtant. Le pire, c'était de penser qu'un malade avait pu te tuer et que d'une certaine manière, j'en étais responsable.

— Ne pense plus à ça, c'est fini.

Agnès passa sa main dans les cheveux de Michel, qui se trouvait assis à un niveau au-dessous du divan. Il prit la main de la jeune femme et l'appliqua contre sa joue, la paume de sa propre main recouvrant celle de la jeune femme.

— C'est curieux, dit-il pensivement, comme ceux qui vous aiment admettent facilement qu'on puisse être un assassin. Finalement, les gens ne vous jugent pas sur ce que vous êtes en réalité mais sur leurs critères personnels. C'est dans les moments de crise qu'on se rend compte à quel point cela peut être redoutable et arbitraire surtout.

Michel se tut. Les yeux fixés sur son verre, il prenait enfin le temps, maintenant que le drame ne lui collait plus aux chausses, de mesurer l'importance de sa constatation.

— J'ai fait du stop, reconnut Agnès d'une voix douce, jugeant que le moment était venu de mettre les choses au point.

— J'en étais persuadé mais je n'en avais pas la preuve, c'est ça qui me rendait fou.

Agnès ne tint pas compte du commentaire et poursuivit :

— Un gars dans une Mercedes... Il rentrait à Paris.

Malgré le regard confiant de Michel, elle ajouta :

— Et puis après, lui aussi m'a larguée sur la route.

— Pourquoi, pourquoi me dis-tu ça ? Je ne t'ai rien demandé.

— C'était ma vengeance... Je sais bien, c'est idiot, mais ça m'a soulagée.

— Tais-toi !

— Non, il faut que tu le saches parce que je te quitte, Michel.

— Qu'est-ce que tu dis ?

Elle se redressa sur le canapé et en ramenant ses jambes pour les poser à terre, elle heurta Farnèse. Machinalement, elle murmura « Pardon » mais cela ne concernait que son geste, pas sa conduite.

— Après, poursuivit-elle sans la moindre trace d'émotion apparente, j'ai gagné à pied le premier patelin sur ma route. Il y avait un hôtel minable, j'ai dû faire un raffut de tous les diables pour qu'on veuille bien m'ouvrir. J'ai pris une chambre, une bouteille de whisky. J'ai payé d'avance. J'ai avalé des barbituriques et j'ai bu, voilà. Tu en sais autant que moi.

— Tu as voulu te tuer ?

— Non, j'ai voulu m'abrutir, débrayer, une manière de dire « Pouce » si tu préfères.

Puis elle se tut.

Il semblait qu'ils ne pouvaient avancer que par paliers dans leur dialogue. Et chacun savait que chaque étape les éloignait l'un de l'autre.

Pourtant Michel, soit parce qu'il était le plus amoureux, soit parce qu'il était le plus faible, ne voulait admettre l'évidence.

— Ne parlons plus de tout ça. Nous avons vécu un cauchemar. Mais c'était l'épreuve du feu. Maintenant tout va changer, tu verras.

— Oui, tout va changer. Je pars pour l'Amérique et je ne reviendrai pas.

— Non, tais-toi ! Ne dis rien de définitif. Nous venons à peine de nous retrouver. Laisse-nous nous reconnaître, nous réapprendre. Donne-moi une chance.

Comme elle évitait de répondre, il dut se résoudre à poser la question qui le tourmentait.

— Tu ne m'aimes plus ?

— Si, je suppose, mais là n'est pas la question.

— Alors où est-elle, dis, où est-elle ?

Agnès ne répondit pas et lui tendit son verre pour qu'il le remplisse à nouveau de William Lawson's.

Dans son affolement, il fit tomber des glaçons qui roulèrent sur les dalles comme des palets de curling. Tous deux les observèrent jusqu'à ce qu'ils soient immobiles puis, instinctivement, leurs yeux se défièrent.

— Je t'aime, Agnès.

Elle fut la première à détourner le regard.

— Je t'en prie, ne complique pas les choses.

— Mais pourquoi ? Tu as quelqu'un d'autre ?

Elle le regarda avec une tendresse apitoyée.

— Mais quand donc cesserez-vous, vous autres bonshommes, de penser que nous n'agissons qu'en fonction de vous !

— Alors ?

Elle fit un effort pour rester calme et lui faire comprendre ce qu'elle ressentait en évitant que leur dialogue ne se transforme en discussion puis en bagarre.

— Alors je pense que de tous les investissements, l'amour est le pire.

Il n'eut pas sa prudence pour réagir.

— Mais la vie sans amour, ce n'est rien. Rien, tu entends ! Le seul moteur à l'existence, c'est l'amour. Sans lui, on n'est qu'un zombie. Boire, manger, dormir, travailler. Et crever ! Rien d'autre. Même un animal sent cela d'instinct.

— Je t'en prie, Michel, épargne-moi tous tes poncifs.

— Mais bon Dieu, tu n'es pas faite autrement que les autres ! L'Amérique ! La gloire ! Le fric ! Et alors ! Si tu n'as personne avec qui les partager, à quoi ça sert, dis ?

— Tu n'as rien compris.

— Si je comprends. Tu veux ta liberté pour ne plus avoir mauvaise conscience. Mais dans dix ans, quand la ménopause t'obligera à céder le pas à des femmes plus jeunes, c'est au fond d'une bouteille que tu iras chercher l'amour ?

Elle se leva brusquement sans même s'apercevoir qu'elle le bousculait.

— S'il n'y avait pas eu ce crime et que je ne m'étais pas crue obligée de te tirer de là, tu ne m'aurais jamais revue.

— Mais qu'est-ce que je t'ai fait à la fin !

Elle fit volte-face. Elle n'était pas en colère. Elle affichait au contraire un air las et peiné.

— J'en ai assez qu'on ne se parle que pour s'engueuler. À croire qu'à la fin de chaque discussion, il faut toujours qu'il y ait un vainqueur et un vaincu. Je trouve ça stérile si tu veux mon opinion, stérile et débilitant.

— Mais ce n'est pas moi qui recherche la discussion. Pour moi, tout est simple. Je t'aime.

— Et moi aussi je t'aime mais justement ce n'est pas simple.

— Alors expliquons-nous une bonne fois.

— Non, plus maintenant, c'est fini.

Il fit les cent pas pour se calmer. Il ne voulait pas que tout, une fois de plus tourne au drame. Il sentait qu'il devait louvoyer pour qu'Agnès ne se ferme pas comme une huître, ou ce qui serait pire, ne décide brusquement de le planter là pour une nouvelle fugue.

Michel s'immobilisa face à la jeune femme.

— Dis-moi ce que tu veux que je fasse et je le ferai.

Elle l'observa un moment et ne put douter de sa sincérité.

Visiblement elle faisait un effort en poursuivant une discussion qu'elle jugeait inutile.

— Je ne sais pas. Tout vient peut-être de moi. Je suis sans doute trop entière, trop intransigeante mais je ne peux pas comme toi compartimenter les sentiments : le travail, la famille, les copains, l'amour.

Il sauta sur l'occasion pour rectifier.

— L'amour vient en premier. Comment peux-tu en douter ! Moi qui ai tout plaqué pour toi !

Elle eut un brusque rire qui ressemblait à un hoquet.

— Tout plaqué vraiment ! Tu ne t'entendais pas avec ta femme, me l'as-tu assez répété. Je suis arrivée au moment de ton ras-le-bol. C'est tout.

— Et mes gosses ?

Elle sourit sans arrière-pensée.

— Tu les vois autant que tu veux. Tu n'en as plus que le bon côté. Eux et toi y trouvent leur compte.

— Mais toi, qu'as-tu sacrifié pour moi ?

Elle le dévisagea avec une indulgence amusée.

— Dis-donc, on n'est pas à la grande braderie. Tu as raison, je ne t'ai rien sacrifié parce que je n'avais aucun bagage, moi ! Libre comme l'air. Je n'ai pas eu à te préférer, je t'ai choisi. C'est ça que tu me reproches ?

En deux pas, il la rejoignit et la serra dans ses bras.

— Cessons de nous déchirer, je t'en supplie. J'ai eu le temps de réfléchir durant cette interminable nuit à Soissons. À l'idée que j'avais pu te perdre à tout jamais, je me sentais pris de nausées. Tu me crois, n'est-ce pas ? Dis que tu me crois.

De ses deux mains appuyées contre sa poitrine, elle le repoussait doucement. Inexorablement.

— Je veux vivre seule. Sans attaches. Sans habitudes. Ma vie à plein temps. Disponible vingt-quatre heures sur vingt-quatre.

— Qu'est-ce que ça veut dire, ça ?

Malgré ses mains qui la serraient aux épaules, elle parvint à se dégager.

— Sans cesse se remettre en question. Faire taire sa jalousie. Faire des concessions. Entretenir un dialogue de sourds ! Non vraiment, c'est trop dur. Et absurde aussi. Mieux vaut vivre à la carte selon l'humeur et la fantaisie.

— Mais l'amour ne se commande pas. Il s'impose et on le subit. Si tu raisonnes, c'est que tu n'aimes pas.

Elle haussa les épaules avec lassitude. Une fois de plus, chacun restait sur ses positions. Elle ne savait comment lui faire comprendre ce qu'elle ressentait.

— Je ne connais pas un couple qui n'ait pas fait naufrage.

— Mais si, il y a des exceptions.

— Cite m'en un !

Il eut un geste d'impuissance, non pas parce qu'il ne pouvait pas le faire mais parce qu'elle ne lui laissait pas le temps de dresser un inventaire pour en trouver un.

— Tu vois bien ! remarqua-t-elle en souriant.

Cette mauvaise foi chez Agnès revenait toujours dans leurs discussions. Dès qu'il prenait un temps de réflexion, elle y voyait une carence de raisonnement.

— Dieu merci, il y a des couples qui fêtent leurs noces d'or, objecta-t-il pour ne pas perdre la face.

— Ah oui ! Les vieux combattants de l'amour !

Son sourire faisait référence à leur scène dans la forêt de Villers-Cotterêts.

— Il y en a d'autres. Peut-être pas dans notre milieu mais il y en a d'autres. Des gens simples, plus authentiques peut-être.

— Tôt ou tard, poursuivit-elle avec entêtement, la cassure se fait parce que la fêlure existe et qu'elle se produit insidieusement dans les premiers temps sans même que l'on puisse s'en rendre compte. Alors, on a tout perdu. Et, bien souvent aussi, on a perdu en plus ses belles années.

— Et Boris et Célia ? Ce n'est pas une réussite ça ? demanda-t-il triomphalement, ayant failli oublier l'exemple de ce couple uni.

Agnès prit le temps d'allumer une cigarette avant de répondre.

— Je ne suis pas Célia, moi ! Je n'ai pas le courage de sacrifier ma vie à un homme, fût-il un grand artiste !

— Mais Célia est heureuse.

— Qu'en sais-tu ?

— Et toi ?

— Nous parlons, Célia et moi, nous échangeons des idées, des confidences. Entre femmes, on ne cherche pas à se convaincre mais à se comprendre. Et je peux te dire sans la trahir que son bonheur est fait d'une grande dose de philosophie et de mauvaise mémoire.

Apparemment, il venait de perdre la première manche. Il devait gagner du temps, peut-être pas pour la reprendre mais pour que cela dure.

Encore un peu ! Il ne savait pas quoi faire. Sûr, elle le repousserait s'il tentait de l'embrasser. Et pourtant le seul domaine où il avait barre sur elle, c'était en amour. Mais cela ne lui suffisait pas parce qu'il l'aimait avant de la désirer. Et avec obstination, il voulait qu'elle lui rende son amour. Inconditionnellement. Il l'observait par en dessous et ne savait comment forcer ses défenses. Alors, lâchement, il utilisa le seul allié à sa portée : l'alcool. Il lui versa un grand verre de whisky. Pur ! En lui tournant le dos, il noya d'eau son propre verre et se retourna pour porter un toast.

— À toi ma chérie ! À toi que j'aimerai toujours !

C'était un peu pompier comme formule. Il craignit son sourire ironique mais peut-être pensait-elle déjà à autre chose. Pas à lui, en tout cas. Elle leva son verre sans un mot pour lui rendre son toast et ils burent en silence. Brusquement, il changea de tactique, sachant d'instinct que les femmes ont horreur des types pleurnichards. D'abord, il ne devait pas rester assis sur ce pouf, à ses pieds comme un coquebin.

Il s'installa sur le divan et la prit dans ses bras.

— Je bois à ton succès en Amérique, dit-il en choquant doucement son verre.

Il l'observait avec satisfaction tandis qu'elle vidait le sien.

— Quand dois-tu partir ?

— La semaine prochaine.

Il allait jouer les grands frères compréhensifs, le temps que l'alcool fasse son effet. Quand il la jugerait suffisamment engourdie, il tendrait son épuisette et avec un peu de chance, il pourrait peut-être renverser la situation.

La main de Michel se faisait plus pressante sur l'épaule d'Agnès. Insensiblement il s'était rapproché d'elle et sa hanche touchait celle de la jeune femme. Il lui parlait de New York qu'il connaissait bien, lui racontait des anecdotes amusantes pour la détendre et la faire rire.

Au bout d'un moment, elle renversa sa tête sur son bras en riant aux éclats d'une histoire qu'il venait de s'approprier mais qui était arrivée à un autre.

La réconciliation était en bonne voie. Le visage d'Agnès se transformait, éclat blanc des dents, langueur du regard sous les longs cils, brouillard mordoré des cheveux. Il se pencha pour l'embrasser. Il sentit sur sa poitrine les mains d'Agnès qui le repoussaient mais il prolongea son baiser et les mains rampèrent le long de son cou pour se nouer derrière sa nuque.

À ces jeux, Michel et Agnès oubliaient tout et croyaient candidement que demain serait un autre jour.

15

Jeudi

Après une nuit merveilleuse, Michel et Agnès se réveillèrent dans les draps froissés du lit défait.

Michel se leva pour aller préparer le plateau du petit déjeuner. Il avait cinq ans de moins ! Tout recommençait. En mieux ! Les épreuves avaient donné plus de prix au bonheur. Il avait retrouvé l'Agnès tendre et ardente des premiers temps, celle qui la nuit, même dans le sommeil, aimait rechercher son corps pour y blottir le sien.

Tandis que passait le café, il sortit complètement nu dans le jardin pour mieux s'intégrer à la nature et la remercier d'être si belle.

L'air était léger. Le lac reflétait le ciel et les arbres pour doubler son plaisir. Un oiseau posé sur un brin d'herbe défiait les lois de l'équilibre. Un poisson, en gobant un moucheron à la surface de l'eau, y dessinait des ronds gigognes. Un avion invisible tirait un trait blanc sur le ciel bleu. Avant de rentrer, Michel cueillit une rose et la déposa sur le plateau d'Agnès. En chantonnant, il regagna leur chambre. Quand il entra, elle était assise, adossée à ses oreillers, retenant le drap sous son bras pour voiler sa poitrine.

Il resta un instant sur le pas de la porte à l'admirer.

— Ce que tu es belle, dit-il sincère.

— J'ai faim aussi, répondit-elle en souriant.

Il déposa le plateau sur ses genoux et beurra ses tartines tandis qu'elle respirait la rose où s'accrochait encore une goutte de rosée.

— Je fais couler un bain, après je te lave et je te masse… à la thaïlandaise. Non, je crois que je ne pourrai pas attendre. Je fais couler un bain et on se baigne ensemble, d'accord ?

Sans attendre de réponse, il enchaîna :

— Et après, comme on aura très faim, je t'emmène dans la meilleure auberge de la région manger un homard grillé avec un champagne brut, ensuite un ris de veau aux morilles avec un…

— Je m'en vais, Michel.

Il feignit de ne pas entendre. Son sourire resta un peu figé mais une masse de démolition venait de lui défoncer l'estomac.

Agnès, sensible à son désarroi, en fut peinée. Avec une tendresse navrée, elle lui caressa la joue.

— Je pars mardi prochain, j'ai mon billet.

Pris de nausée, Michel avait envie de pleurer comme un gosse. Il la regardait sans comprendre. Tout allait si bien !

— Pourquoi ?

Il ne put rien prononcer d'autre que ce mot qui englobait les autres.

Une ombre d'agacement passa sur le visage de la jeune femme.

— Hier, je t'ai donné mes raisons.

Il ne voulait pas comprendre. Elle ne devait pas en plus exiger cela de lui.

— Mais cette nuit alors ? Pourquoi ?

Elle sourit avec indulgence devant son air d'enfant buté.

— Cette nuit, j'en avais envie autant que toi. Qu'y a-t-il d'extraordinaire à ça ?

Il progressait par bonds dans son raisonnement.

— Mais tu as pu aussi... (Il ne trouvait pas l'adjectif qui convenait et enchaîna pour ne pas perdre le fil de sa pensée :) En sachant que c'était pour la dernière fois... que tu ne me reverrais jamais !

Il n'en croyait pas ses yeux en la voyant si calme et si sereine. Il avait l'impression tout à coup que c'était lui la bonne femme face à un type sûr de lui qui vous annonce froidement au matin qu'il vous plaque.

Ils avaient interverti leurs rôles. Ce n'était pas possible autrement !

Il l'observait tandis qu'elle mangeait avec appétit, le visage griffé de tendre fatigue mais le regard calme.

Michel ne savait comment lui expliquer qu'il naviguait sur des montagnes russes depuis trois jours. D'abord, il avait craint de la perdre définitivement. Après, il l'avait crue morte, peut-être même par sa faute. Ensuite, il la retrouvait alors qu'il ne l'espérait plus et elle lui offrait tout à coup une de leurs plus belles nuits. Tout cela pour lui annoncer au matin que la comédie était finie et que chacun reprenait ses billes.

Incapable de coordonner ses pensées, un seul mot lui venait aux lèvres : « Pourquoi ? » Mais il ne pouvait pas le répéter indéfiniment, ça ne servait à rien et ça risquait de l'agacer. Alors il la regardait fixement. Désespérément.

Quand elle eut terminé son petit déjeuner, elle lui tendit le plateau en souriant pour qu'il l'en débarrasse afin qu'elle puisse se lever. Sans plus s'occuper de lui, elle rejeta les draps, bâilla en s'étirant, coudes en l'air ce qui allongea sa silhouette et affina sa taille.

— Tu as fait couler le bain s'il te plaît ?

Brusquement il reposa le plateau sur le lit et en deux enjambées la rejoignit. Il l'attira contre lui et la serra dans ses bras, noyant sa tête dans ses cheveux à la saignée du cou.

Ses deux bras se croisaient complètement tant elle était mince. Il la souleva pour marcher avec elle comme il le faisait autrefois quand, par jeu, elle posait ses pieds sur les siens et qu'ils traversaient l'appartement en glissant comme des patineurs. Mais elle n'avait plus envie de jouer, aujourd'hui. Elle laissa ses pieds sur le sol et lui murmura à l'oreille :

— Voyons, Michel, sois raisonnable !

Comment pouvait-il l'être après ce qui s'était passé cette nuit ? En quoi était-elle faite ? En béton !

Il la repoussa dans un geste de colère, non pas dirigé contre elle mais contre lui, qui se sentait si faible et si misérable devant son intransigeance.

Lamentablement, il demanda :

— Mais tu ne vas pas partir aujourd'hui ?

— Si, c'est mieux.

— Pourquoi c'est mieux ?

— Parce que je dois tout liquider à Paris. Je ne reviendrai pas en France, je te l'ai dit et j'ai encore des amis à voir avant de partir.

— Des amis ! Alors que moi tu me plaques sans raison après cinq ans de bonheur.

— N'en rajoute pas. Il y a eu pas mal d'incompréhension et de scènes dans ton bonheur.

— Et ce type ?

— Quel type ?

— Celui de la Mercedes.

Elle se dirigea vers la salle de bains. Quand elle se baissa pour ouvrir les robinets de la baignoire, il se pencha machinalement aussi pour ne pas la perdre de vue un instant.

— Dis, réponds, il te plaisait ?

Elle haussa les épaules.

— Je ne l'ai même pas regardé.

— Mais tu as pourtant…

— Non, c'est moi qui le lui ai proposé. Il a cru qu'il me plaisait.

— Alors pourquoi, mais réponds, pourquoi ?

Elle attrapa un flacon de sels de bains et en jeta dans l'eau qui moussa en devenant bleue.

— Pour faire un geste définitif, peut-être. Contre toi en tout cas. Pour me venger. Par écœurement. Je ne sais pas. En fait, ça n'avait aucune importance.

Elle enjamba la baignoire et lui demanda le plus naturellement du monde :

— Tu veux bien me frotter le dos ?

Éberlué devant son inconscience, il avait envie tour à tour de lui appuyer sur la tête pour qu'elle se noie et de lui crier « Pouce » pour qu'elle arrête de lui faire mal.

Mais en fait, il ne faisait rien. Il la regardait simplement. Elle relevait ses cheveux sur le sommet de sa tête et avec dextérité se drapa une serviette éponge en turban pour protéger sa coiffure. La serviette était verte. Dans l'eau bleue, Agnès, stylisée par sa coiffure, paraissait plus blanche encore, petite sphynge intemporelle sculptée dans l'ivoire. Il ne l'avait jamais trouvée si belle.

— Tu pars vraiment mardi ?

Elle hocha la tête sans répondre.

— On est jeudi seulement, remarqua-t-il timidement.

— Ça passera vite.

— Pour toi, pas pour moi.

— Écoute, Michel, ça suffit, on a failli se séparer vingt fois. On ne va pas en faire un drame parce que ça se produit aujourd'hui. Tiens, passe-moi le peignoir.

Elle se dressa toute mouillée, brillante, comme laquée. Un tanagra. Avec regret, il fit ce qu'elle lui demandait. Machinalement, il lui frotta le dos comme il l'avait toujours fait.

— Ce qui te contrarie, c'est que ce soit moi qui prenne l'initiative de la rupture, c'est ça non ?

Ils n'étaient pas sur la même longueur d'onde. Il n'avait rien à faire des préséances. Pour lui, il s'agissait d'un drame. Pour elle, d'un intermède.

— Et si j'allais te rejoindre là-bas ? Après toutes tes mondanités, quand ton film sera fini. Qu'est-ce que tu feras après ? Tu n'es pas scénariste. De quoi tu vivras ? Un coup pareil, ça n'arrive qu'une fois dans une vie.

— Je sais tout ça.

— Alors, qu'est-ce que tu vas devenir ?

— Je verrai bien, je travaillerai.

— Tu n'as pas de métier.

— Justement, je peux faire n'importe quoi !

— Tu ne m'as pas répondu. Je pourrai te rejoindre ?

— Non, Michel. On a bouclé la boucle. Nous deux, c'est usé, comprends-le.

Elle quitta la salle de bains avec Michel sur ses talons. Elle laissa tomber son peignoir et commença de s'habiller.

— Tu vas déjeuner avec moi ?

— Non, je préfère rentrer.

— Comment tu vas aller à Paris ?

— Je ferai du stop.

— Je vais t'emmener.

— Pas la peine.

— Ça me fera plaisir.

— Dépose-moi au train si tu veux.

Il venait de remporter une petite victoire, ou plutôt d'obtenir un délai. Il allait téléphoner à la gare et il pourrait toujours prétendre qu'il n'y avait plus qu'un train en fin de soirée. D'ici là, il réussirait peut-être à la convaincre de modifier ses plans.

— Je te sers un verre ?

— Si tu veux.

Elle avait accepté pour qu'il s'éloigne et la laisse se préparer en paix. Lui, sans trop y croire, le lui avait proposé en escomptant vaguement que se reproduirait le miracle de la veille. Il descendit les quelques marches qui menaient au salon et machinalement regarda dehors. Les baies vitrées encadraient le paysage. En le voyant si paisible, Michel n'en revenait pas d'être en plein drame.

Dans l'air immobile, les peupliers, plantés comme des lances dans la tache sombre de leur ombre, balisaient la pelouse. Michel songea que ce soir, Agnès ne serait plus à ses côtés pour les voir lentement se transformer en gigantesques guerriers montant à l'assaut de la maison dès que la nuit gomme le paysage.

Il versa deux whiskies dans les verres dont ils s'étaient servis la veille et qui étaient restés sur la table. Par une sentimentalité puérile, il but dans celui d'Agnès, posant ses lèvres sur les traces de son rouge à lèvres, et regagna la chambre pour lui apporter son verre.

Elle était habillée déjà : jupe, chemisier. Ses cheveux liés en queue de cheval. Un rouge à lèvres orange soulignait les contours de sa belle bouche. Elle était fraîche, charmante, très jeune fille tout à coup.

Il posa sur le plateau du tourne-disque la symphonie n° 3 en *ré* mineur de Mahler. C'était à la fois profond et nostalgique. Ce serait la musique du souvenir. Lui ne l'oublierait pas. Mais elle !

— Eh bien voilà, dit-elle comme une invitée qui va prendre congé.

— Voilà quoi ?

— Le moment de nous séparer, je suppose. Mais je t'en prie, faisons cela calmement. Sans drame !

— Tu as le temps. Le premier train est en fin d'après-midi.

— Alors je vais faire du stop.

— Non, je t'accompagnerai où tu voudras mais ne pars pas déjà.

Voyant qu'elle hésitait, il se hâta d'ajouter :

— Tu ne peux pas me refuser ça.

— Soit ! dit-elle en gagnant le salon et en s'asseyant sur un fauteuil, loin de lui.

De plus en plus, Michel avait la sensation d'être une femme vieillissante plaquée par son gigolo. Il savait bien que c'était maladroit de s'accrocher avec tant d'insistance mais il ne pouvait pas faire autrement. Quand on abat un arbre, le tronc n'apparaît pas dénudé, une multitude de brindilles qui font vivre l'arbre par leurs radicelles gorgées de sève sont drainées en même temps que lui. Michel découvrait tous les liens qui le rattachaient à Agnès et dont il n'avait pas soupçonné l'existence, trop absorbé par la dominante de son amour.

Il ne savait quoi dire pour l'intéresser encore un peu.

Elle fouilla dans son sac de ce geste machinal des femmes, non pour chercher quelque chose mais peut-être tout simplement pour se donner une contenance.

— Ah ! au fait, dit-elle, je laisserai les clés à la concierge.

— Tu peux emporter tout ce que tu veux.

Elle hocha la tête en souriant.

— Je ne veux pas m'encombrer inutilement.

Elle ne tenait même pas compte de sa générosité !

— Tu aimais bien Célia et Boris, ça ne te fera rien de ne jamais les revoir ?

Elle l'observa avec attention.

— Je ne te savais pas si sentimental !

— Quand on aime, on le devient. Tout ce qui te touche me touche.

Il avait l'impression d'être un de ces héros de romans-photos qui parlent dans des bulles en échangeant des niaiseries. Il voyait dans son regard étonné qu'elle ressentait la même chose.

Elle vida son verre, le posa sur la table et se leva. La trêve était finie.

— Tu n'es qu'une garce, dit-il sourdement.

Elle sourit avec indulgence comme si elle avait toujours su qu'il lui serait impossible d'échapper à la dernière dispute.

— Je sais, une garce, une fugueuse, une traînée. Tu vois, tu ne perds pas grand-chose.

— Qu'est-ce que j'ai fait ?

— Oh ! non, on ne va pas remettre ça !

— Ce serait trop facile, tu tailles, tu rognes, tu prends tes décisions sans jamais te soucier des autres. Mais ils existent les autres, figure-toi et ils ne sont pas obligés de jouer les chiens, couchants devant les décisions de Madame !

— Tu parles au nom de ta femme ? Parce que si je me souviens bien, elle pouvait te tenir le même langage quand tu l'as plaquée.

— Délicat de me rappeler ça aujourd'hui alors que c'est à cause de toi que je l'ai quittée.

— Parce que tu en avais envie, toi ! Cesse donc de transformer toutes les situations pour te donner le beau rôle.

— Tu es incapable de donner, toi ! Tu ne sais que prendre. Quand Madame est rassasiée, au suivant !

— C'est fini ?

— Ça te barbe, hein, que je voie clair dans ton jeu ?

— Non, ça m'ennuie, c'est pire.

— C'est ça, drape-toi dans ta dignité. Je le connais le coup du mépris, tu me l'as assez fait.

— Allons, Michel, tout cela est sans objet maintenant. Il n'y a plus rien à sauver. Séparons-nous bons amis, ce sera tellement mieux.

— Ben voyons ! trompé, plaqué et toujours content. Telle est ma devise.

— Je m'en vais. Ne te dérange pas, je connais le chemin.

Elle passa devant lui d'un pas ferme. Il la rattrapa par la bandoulière de son sac. Agnès faillit tomber tant il l'avait tirée avec violence.

— Ma parole, tu deviens fou !

— Je n'en ai pas fini avec toi. Tu vas écouter ce que j'ai à te dire. Après tu partiras, quand je l'aurai décidé.

Elle éclata de rire.

— Non ! mais voyez-vous ce macho ! Ce que tu veux, c'est me faire une scène pour avoir l'impression de me flanquer toi-même à la porte. Alors, gagnons du temps si tu veux. Considérons que c'est fait. Je pars l'oreille basse et tu triomphes, ça te va ?

— Agnès !

— Non, ça suffit le cinéma. Adieu, Michel.

Cette fois, elle réussit à passer sans qu'il tente de l'intercepter. Il entendit ses talons hauts qui martelaient les dalles. Il avait l'impression que des clous s'enfonçaient dans son cœur. Un vieux fond de fatalisme lui disait que c'était mieux ainsi. Mais il était maso comme tous les autres et puisqu'il devait souffrir, autant tirer le maximum de son malheur. Au moins, il aurait des ulcères à gratter quand il se retrouverait seul.

En deux bonds, il retourna dans la chambre pour lui couper la route de la sortie en la prenant de vitesse par la grande entrée. Il sauta du perron et atterrit devant elle comme un vrai petit Zorro. Mais Agnès avait épuisé ses réserves de patience.

— Ça suffit ! dit-elle d'un ton sec.

Le visage de Michel s'était soudain transformé. Il avait un air hagard fait de rancœur et d'impuissance. Elle l'oberva et laissa tomber son verdict sans colère, avec lucidité.

— Mauvais joueur !

Elle avait raison. C'était moins la passion que l'amour propre qui le faisait s'accrocher contre toute logique pour gagner, pour avoir le dernier mot, pour conserver ses prérogatives de mâle.

— Moi aussi, j'en ai marre et je vais te dire pourquoi. Et tu vas emporter ça dans tes bagages. Sans excédent de poids ! Tu pourras t'en souvenir quand je ne serai plus là !

— Fiche-moi la paix !

— Non princesse, tu vas m'écouter.

Il lui saisit l'avant-bras et la traîna derrière lui malgré ses protestations pour la ramener dans le salon comme si c'était là leur poche fœtale et il la bouscula. Elle tomba dans un fauteuil, les jambes à l'horizontale sous la violence du choc.

— Pour qui te prends-tu pauvre idiote ! Tu n'as rien, ni intelligence, ni culture. Tu es belle, ça oui, on ne peut pas te l'enlever mais ce n'est pas un capital. On ne base pas sa vie sur ça. Il faut quelque chose en plus et c'est la générosité, l'indulgence, le cœur, entends-tu, le cœur !

Lentement elle se redressa sur son siège et se cala dans son fauteuil pour mieux lui faire front.

— Le cœur ! dit-elle en rigolant. Parlons-en de mon cœur et de mon âme. Tu t'en fiches pas mal. Quand j'aurai vingt ans de plus, aucun homme ne s'intéressera à mon cœur et à mon âme. Ils me prendront pour une rombière. Je serai dépassée, périmée. Je suis vivante tant qu'un homme a envie de moi. Les beaux sentiments n'ont rien à voir là-dedans. C'est parce que je le sais que je veux assurer mes arrières. Maintenant ! Je veux vivre par moi et pour moi pour pouvoir devenir vieille sans être névrosée. Je veux garder mon insolence. J'ai toujours été lucide, c'est ça que tu ne me pardonnes pas.

Il lui faisait front, poings serrés, noué de rage, cherchant désespérément les mots les plus blessants pour l'atteindre. Mais tout ce qu'il pouvait lui dire, elle le savait déjà et par cela même, elle déviait ses coups.

— Une femme seule ne peut pas se défendre dans la vie actuelle. Elle n'est pas assez armée.

— Si un jour j'ai quelque chose à défendre, je prendrai un homme d'affaires et il me sera dévoué parce que je l'intéresserai aux bénéfices. Sinon, je vivrai, je voyagerai, je verrai des gens mais je ne serai pas dupe, tu entends. Je ne serai plus jamais la bobonne qui vit dans l'ombre de son mâle, qui ferme les yeux sur ses frasques, qui écoute ses histoires de régiment ou ses blablas sur les bagnoles pendant des soirées entières.

— Alors de quoi parleras-tu, je serais curieux de le savoir ?

Elle l'observa avant de répondre en souriant, non pour jouer les femmes pédantes mais pour bien lui prouver qu'il ne connaissait d'elle que le visage qu'elle avait bien voulu lui offrir.

— Kierkegaard peut-être. C'était mon livre de chevet quand j'avais dix-huit ans. J'ai retenu la leçon. Tu devrais lire le « *Concept d'angoisse* ».

Il se mit à ricaner avec suffisance. Une femme qui fait référence aux philosophes ne peut que se couvrir de ridicule. Il est bien évident qu'elle ne peut rien y comprendre. *Marie Claire* peut-être, *Cosmopolitan* à la rigueur mais Kierkegaard, non c'était bouffon !

— Ah ! non, je t'en prie, à ton tour pas de cinéma. En cinq ans, je ne t'ai pas vue souvent évoquer les philosophes. Je les connais tes lectures, des polars et des magazines féminins. Alors, pour Teilhard de Chardin, tu repasseras !

— Tu n'as pas l'impression de taper à côté de la plaque ? Quel rapport avec mes lectures et le fait que je m'en aille ?

— Je veux que tu prennes conscience de tes possibilités qui sont limitées. Pour toi. Pour que tu puisses t'en sortir. Sans moi !

Elle le dévisagea et il y avait tant de mépris dans son regard qu'il fut convaincu à cet instant qu'il n'avait pas pris la bonne méthode.

La seule chose qu'il gagnait à la provoquer, c'était du temps, du temps qui ne lui servirait peut-être à rien, mais il ne pouvait plus tabler sur autre chose. Il sentait confusément qu'ils avaient déjà franchi le point de non retour.

Lâchement, il lui envoya dans les pattes ce qu'aucune femme ne reçoit avec indifférence.

— Dans quatre ans, tu auras quarante berges. Alors commencera le compte à rebours.

Elle encaissa le coup mieux qu'il ne l'avait prévu.

— Je le sais, dit-elle en souriant, c'est pour ça que je n'ai plus une minute à perdre. Et puis veux-tu que je te dise, ajouta-t-elle en le défiant du regard à son tour, si tout rate, j'aurais toujours la ressource des petites annonces matrimoniales. Au pire, je trouverai bien un pépé comme toi.

Satisfaite d'avoir remporté le set, elle se leva et une fois encore se dirigea d'un pas assuré vers la sortie.

Tel un joueur de rugby, il plongea pour la plaquer aux jambes. Elle s'affala en avant. Il la saisit par la crinière et lui frappa la tête au sol.

— Tu vas te taire, dis, tu vas la fermer !

Elle se redressa en titubant, se mit à courir en tordant ses talons. Déjà il était debout et la saisissait par le bras, la faisant pivoter pour qu'elle reste dans la pièce. Pour la faire choir dans un fauteuil, il la bouscula en arrière. Elle tomba en effet mais pas dans le fauteuil, par terre. Sa tête résonna en heurtant une jarre pleine de marguerites. Et elle resta là, enfin tranquille parmi les fleurs, les jambes croisées comme une poupée de lit.

Il la regarda méchamment parce qu'il avait honte de sa violence inutile et qu'il savait très bien qu'elle ne lui pardonnerait pas.

— Allons, lève-toi, ça suffit ! dit-il en lui tendant la main.

Naturellement, une fois de plus, elle faisait la tête. Elle s'abstenait de répondre rien que pour le faire enrager.

Il se pencha et lui tendit la main à nouveau. Elle regardait fixement la bonnetière comme si elle y avait découvert un détail de la plus haute importance.

Il agita sa main devant son regard. Agnès se cilla pas. Alors Michel comprit que le pire était arrivé.

Toujours nu, accroupi, il la fixait sans pouvoir respirer. L'air entrait dans ses poumons mais n'en sortait pas. Sa gorge le brûlait. Il avait froid, des courbatures partout, mais surtout il avait peur, une peur colossale qui recouvrait tout.

C'était un de ces cauchemars où tout recommence sans arrêt et où l'on fait d'inutiles efforts pour se réveiller.

Machinalement, il essuya la sueur qui lui dégoulinait dans les yeux et sa main, malgré sa répugnance, se porta sur le cou de la jeune femme pour l'attirer à lui. Il ne put aller au bout de son geste. Ce qu'il sentit sur sa main le fit frissonner. Quand il la retira, elle était poisseuse de sang.

Quelqu'un à ses côtés hurla « Agnès ! ». Au bout d'un long moment, il sut que ce ne pouvait être que lui, puisqu'il n'y avait personne d'autre dans la pièce. Alors pour aller au bout de son cauchemar, il lui toucha l'épaule.

Dans un lent mouvement de ralenti, elle s'affaissa sur le côté. Une rigole de sang descendait sur son chemisier au milieu du dos en partant de la tête. Ce n'était pas impressionnant, juste une traînée de sang comme il s'en produit quand on écorche un mouton. Pourtant Agnès était morte.

Alors Michel, toujours accroupi, voila son visage de ses deux mains, les coudes appuyés sur ses jambes écartées et comme le premier homme au soir de son premier crime, il se balança d'avant en arrière pour, entre râles et sanglots, psalmodier des mots incompréhensibles.

16

Ce fut la guêpe qui sortit Michel de sa torpeur. Elle devait tournoyer autour d'eux depuis un moment car rien n'est plus entêté et importun qu'une guêpe mais s'il ne lui avait pas prêté attention sur l'instant, ce fut en la voyant se poser sur le cou d'Agnès sans que la jeune femme ne réagisse qu'il sut qu'Agnès était morte. Pourtant il le savait parce que son regard l'avait constaté et que sa tête, en bon ordinateur, avait déjà classé l'information. Mais à présent, Michel ressentait la mort d'Agnès de manière viscérale parce qu'il était inadmissible qu'une femme puisse laisser une guêpe courir sur sa peau sans hurler.

Il voulut se lever mais il ne pouvait pas se redresser. Il était noué de courbatures pour être resté trop longtemps accroupi. Il dut s'appuyer au mur d'une main et se soutenir les reins de l'autre.

Agnès, elle, restait renversée sur le côté comme une poupée abandonnée après le jeu.

Dans l'immédiat, Michel ne savait à quoi donner la priorité. Devait-il fermer les yeux d'Agnès ou bien s'habiller pour ne plus être indécent, nu, face à un cadavre.

Le froid, en lui donnant la chair de poule, hérissait de picots sa peau devenue bleue.

La guêpe, qui n'était pas concernée par le drame, continuait à voleter comme une idiote de manière brouillonne, se posant sur les fleurs, sur les meubles, heurtant les vitres. Michel avait envie de l'écraser parce qu'elle avait l'indécence de vivre alors qu'Agnès était morte.

Le soleil inondait la pièce. Il faisait déjà chaud. Michel avait envie de vomir.

Deux personnages bavards se disputaient à l'intérieur de lui-même : l'un qui paniquait et criait « à l'aide, au secours », pleurnichant et jurant qu'il n'y était pour rien, que ce n'était pas sa faute, que c'était un accident, seulement un accident, et l'autre personnage qui tentait de faire taire le premier en lui ordonnant de se calmer et d'agir.

À devoir improviser dans une situation aussi dramatique et anormale, Michel perdait ses moyens. Une seule pensée s'imposait à lui avec certitude : il ne devait pas s'abandonner au chagrin. Pas maintenant. Pas déjà ! Il aurait de mornes années devant lui pour revivre son drame, le fignoler et le rendre insupportable. Dans l'immédiat, il devait s'occuper d'Agnès et aussi de lui.

Michel n'avait pas voulu tuer son amie. À aucun moment ! Pas le Michel qu'il connaissait en tout cas, celui qui correspondait à l'image de marque qu'il avait mis personnellement quarante ans à fignoler, mais peut-être un autre Michel dont il ne soupçonnait pas l'existence ou dont il n'avait jamais voulu reconnaître la coexistence avec le premier. C'était sans doute celui-là qui le poussait à commettre des gestes inconsidérés : battre Agnès par exemple, l'abandonner en pleine nuit dans la forêt, lui lancer des piques pour lui faire mal. Un Michel primitif, violent, passionné, jaloux, le négatif de l'autre.

Il fit un large détour pour contourner le cadavre et aller prendre un peignoir dans la salle de bains. Il dut traverser la chambre. Il vit le lit et dut mettre sa main devant sa bouche pour ne pas vomir. Non seulement tout tournait dans sa tête, mais aussi dans son estomac, qui se signalait par des borborygmes indécents.

Dans la salle de bains, il vit un grand cheveu roux qui serpentait sur la porcelaine du lavabo. Un tube de rouge à lèvres orange était resté ouvert sur la tablette. Michel enfila une sortie de bains, des mules, puis se lava les mains. Pourquoi ? Elles n'étaient pas tachées de sang ! Pourtant elles avaient tué Agnès. Elles l'avaient caressée aussi, bien sûr. Elles lui avaient donné ses dernières voluptés sur terre mais elles l'avaient tuée ! Par accident.

Par de profondes aspirations, Michel s'efforçait de dénouer l'écheveau de nerfs qui obstruait sa gorge. Il ne cessait d'humecter ses lèvres craquelées de sécheresse. Il regagna le salon pour accomplir le pire geste de sa journée : fermer les yeux de la morte. Pour la première fois de sa vie, Michel devait témoigner face aux hommes et à la nature qu'un humain quittait la vie. Il descendit la grille des grands cils sur le regard fixe. C'était fini. À jamais !

À cet instant seulement, une lourde porte se déverrouilla en lui et des pensées de toutes sortes se précipitèrent par cette brèche ouverte. On aurait pu croire que c'étaient les animaux de l'arche de Noé tant ces pensées étaient différentes. Il y en avait d'énormes qui remettaient tout en question : des pensées-éléphants et des toutes petites pensées-fourmis, des pensées banales aussi et familières, genre chat et chien. Toutes à la fois se bousculaient, sans préséance, au hasard. Et la plus grosse, la Mammouth : Que faire ?

Oui, que faire ? Parce que si Agnès était morte, ce n'était pas tout à fait de mort naturelle mais d'homicide par imprudence. Donner la mort sans intention de la donner. Mais qui le croirait !

Cette pensée-là était aussi grosse qu'un animal préhistorique. Elle écrasait toutes les autres. Oui, qui le croirait ? Pas Boris en tout cas. Malgré son amour fraternel, il avait très bien admis la première fois que Michel puisse être un assassin. Alors la deuxième fois !

Et Barois ? Barois qui savait que Michel et Agnès se disputaient sans cesse. Barois qui avait recueilli avec soin tous les témoignages qui concernaient le couple ? Comment pourrait-il croire avec la meilleure volonté du monde que cette fois encore il ne s'agissait que d'un malheureux concours de circonstances ? Il n'y aurait pas aujourd'hui un assassin surgi du néant pour endosser son crime. Michel était seul avec Agnès. Seul dans la maison de Boris, de Boris absent qui devrait à son retour croire aveuglément la version suspecte que lui donnerait son frère.

En réfléchissant un peu, Michel mesurait l'étendue du drame qui s'élargissait en tache d'huile. Qui le croirait ? Personne. Personne ne pourrait admettre qu'il avait joué de malchance deux fois de suite. L'étiquette d'assassin deviendrait son badge.

La peur alors recouvrirait le chagrin. Le chagrin provisoirement anesthésié se réveillerait plus tard quand l'instinct n'aurait plus à assumer toutes les décisions. Mais pour l'heure, l'instinct était paralysé par la peur.

S'il voulait sauver sa peau, Michel devait agir. Vite !

D'abord, il lui fallait sérier les problèmes. Ne pas appeler de médecin. C'était inutile et dangereux. Personne n'était au courant du drame et personne jamais ne devrait l'être, surtout pas Boris qui méritait d'être épargné. Mais il avait besoin pour son art de conserver sa sérénité. Célia y avait toujours veillé avec un dévouement farouche. Michel n'avait pas le droit de gâcher la vie de son frère ni celle de Célia qui lui inspirait une profonde tendresse.

Mais il fallait bien enterrer Agnès. Le scandale ne manquerait pas de se déclencher à ce moment-là.

Fixement, il regardait le corps immobile par terre. Dieu merci, il ne voyait pas le visage recouvert par une masse de cheveux. Bien que sa position ne fût pas naturelle, Agnès semblait dormir. Elle n'avait pas souffert. Michel en était sûr. Sa tête avait dû heurter le rebord de la jarre. Le coup du lapin ! Oui, c'était sans doute cela. Une jarre pleine de fleurs. L'arme la moins redoutable qu'on puisse imaginer. Et pourtant !

Allongée par terre, elle paraissait petite, fragile, vulnérable, mais par le fait qu'elle soit morte, elle devenait importune, dangereuse, encombrante !

Il ne pouvait pas la laisser sur le sol. Il ne pouvait pas la déposer sur le lit où ils avaient été si heureux. Pourtant elle avait droit à son dernier repos.

Affalé sur une chaise, Michel, anéanti, regardait au-delà des baies pour ne pas regarder par terre. Les peupliers d'Italie bruissaient dans le vent. La brise moirait l'eau. Un papillon blanc se posa sur le rebord de la fenêtre. Michel était seul dans cette grande maison. Seul, entouré d'arbres et de silence.

Une pensée-serpent se mit à ramper dans sa tête, insidieuse, rapide, fugitive, puis elle se dressa et il ne vit plus autre chose.

Il devait enterrer Agnès dans le jardin. Oui, voilà ce que disait la pensée. Il eut pour elle la même répulsion qu'on a pour un serpent. Elle le fascinait. Tous les arguments qu'elle employait pour le convaincre étaient ceux de la raison et de la prudence.

Agnès devait partir pour New-York le mardi suivant. Tout le monde le savait. Nul donc ne s'étonnerait de ne plus la revoir, surtout pas le capitaine de gendarmerie, le plus dangereux. Boris serait désolé pour son frère mais Boris le consolerait en le persuadant que c'était mieux ainsi. Il l'avait déjà fait avant l'arrestation de Michel. Il avait admis implicitement que Michel et Agnès auraient mieux fait de se séparer que de toujours se disputer.

Il oublierait. Il ne vivait que pour sa peinture. Les histoires d'amour de son frère ne lui paraissaient pas vitales.

La pensée revenait de plus en plus persistante.

C'était si facile, si tentant !

En le considérant comme un assassin, les autres l'avaient conditionné à le devenir. Peut-être pas pour accomplir l'acte lui-même mais pour réagir à ses conséquences.

Tout s'était miraculeusement arrangé la première fois, d'une manière qui le protégeait aujourd'hui parce que nul n'oserait le soupçonner une fois encore. Barois ne pouvait remettre sa situation en jeu et Boris ne pouvait se désolidariser de son frère une fois de plus.

Oui, à bien y réfléchir, Michel était couvert.

Il devait profiter de sa solitude provisoire pour enterrer Agnès. Tard dans la nuit, il rentrerait à Paris. Par la suite, il s'en tiendrait à la version qu'Agnès avait dû embarquer pour l'Amérique le mardi. Nul n'aurait de raison de mettre en doute sa version des faits.

Il n'avait pas d'autre solution s'il voulait s'en sortir.

Agnès n'avait pas de religion. Il ne la frustrerait donc pas en l'ensevelissant sans les sacrements.

Il se leva et sortit dans le jardin par la porte-fenêtre. Il croyait en toute bonne foi qu'il n'accomplissait ce geste que pour mieux réfléchir. En fait, son instinct le poussait à repérer un endroit où il pourrait enterrer le corps.

Il marchait à pas lents et son regard enregistrait machinalement tous les accidents de terrain.

Par affection pour Boris, il ne pouvait pas creuser trop près de la propriété. Michel lui-même y reviendrait. Il n'était pas envisageable qu'il puisse voir de l'atelier l'endroit où il aurait commis le seul geste impie de toute cette affaire.

Au-delà du bassin, le terrain montait en pente douce pour s'enfoncer vers les limites du domaine, cinq cents mètres plus loin. Protégée par des haies d'aubépine, la propriété était invisible de l'extérieur d'autant plus qu'elle était isolée et qu'il fallait passer par le village pour l'atteindre. Arrivé presque à ses limites, Michel de son surplomb dominait la campagne alentour. Les moissons étaient terminées. Il n'y avait plus ni moissonneuse, ni paysan. Il n'y avait que des champs et des maisons sur l'autre versant, dans le lointain.

Il revint presque en courant chercher une bêche. Avant, il attrapa une couverture mexicaine sur un des canapés et en recouvrit le corps de la jeune morte. Puis il repartit pour commencer sa sinistre besogne.

Michel était un homme des villes. D'instinct, il n'avait pas le geste lent et sûr du paysan. La terre était sèche, compacte. Il faillit renoncer quand il imagina l'importance de la fosse qu'il allait devoir creuser. Mais il s'agissait d'assurer sa propre sécurité. Il n'avait pas d'autre solution à sa portée. Sans cesse, il se répétait, pour se donner du courage, qu'Agnès n'avait pas de famille et qu'elle devait partir pour l'Amérique. Bien sûr, ses amis s'étonneraient de ne pas la voir avant son départ et peut-être aussi les Américains qui l'attendaient dans leur pays. Mais les amis d'Agnès la savaient fantasque et les Américains téléphoneraient chez elle, donc chez lui pour connaître les raisons de son absence. Il suffirait à Michel d'être convaincant pour leur éviter de poursuivre leur enquête. Le temps fatalement jouerait pour Michel. Agnès serait partie. Un autre homme... Le Népal... L'aventure ! À notre époque, n'importe quel prétexte fait l'affaire.

Au bout d'un moment, il ôta son peignoir tant il avait chaud et se retrouva nu avec les grosses chaussures qu'il avait enfilées pour ne pas se blesser les pieds sur le tranchant de la bêche.

Heureusement la terre n'était dure qu'en surface. Au bout de quelques pelletées, elle apparaissait grasse et brune mais collait à son outil. Il déposait bien soigneusement la terre qu'il retirait pour n'avoir qu'à la repousser dans le trou quand il l'aurait creusé.

Au bout d'une heure, il dut s'arrêter. Ses mains étaient pleines d'ampoules. Il avait beau cracher dedans comme il avait vu des cultivateurs le faire, le feu de la douleur ne s'atténuait pas pour autant.

Il revint vers la maison pour boire et enfiler des gants de jardin.

Soudain, il fut pris de terreur à l'idée que le capitaine Barois pouvait débarquer pour s'excuser peut-être, pour vérifier son témoignage avant de clore son enquête ou pour toute autre raison imprévisible.

Michel ouvrit le réfrigérateur et en sortit une bouteille d'eau minérale. Il but au goulot et vida la bouteille. Il la rangea sous l'évier et retourna dans le salon.

Brusquement il pensa à la rigidité cadavérique. Il était incapable de se souvenir au bout de combien de temps elle intervenait. Il devait toucher au corps. Maintenant ! Il devait l'allonger et le cacher en cas de visite importune.

Avec répugnance, il se pencha vers Agnès, ôta le tissu bariolé qui la recouvrait et courut dans leur chambre chercher une couverture. Il trouverait ultérieurement une explication pour justifier sa disparition. Il l'étala par terre devant un des divans de la pièce, celui qui était le plus haut sur pieds, et il alla chercher le cadavre. Il faillit hurler en le touchant. Agnès n'était plus qu'une poupée de son. Il poussa un han de bûcheron en la soulevant et la tête de la jeune femme roula dans son cou avant de s'affaisser sur sa poitrine. Michel craignait de la lâcher tant il tremblait. Contre sa bouche, il sentait ses cheveux et son parfum. Il hoquetait et sanglotait à la fois. Il avait mal. Il avait peur. Il la déposa sur la couverture, rabattit soigneusement sa jupe sur ses jambes, aligna ses bras le long de son corps et ne put empêcher ses yeux de regarder son visage. Calme, serein avec un reflet de sourire comme celui de la Joconde, à peine indiqué, juste assez pour y déceler une sorte d'ironie. « Pardon. Pardon ! » murmura-t-il en l'enroulant dans la couverture, puis il la poussa sous le canapé et rabattit jusqu'au sol le châle qui le recouvrait.

Si Barois ou qui que ce soit d'autre débarquait, personne ne se douterait de rien. Il voulait bien accomplir un geste sacrilège. Mais pour sauver la situation. Pas pour l'aggraver.

En se relevant, il respirait avec peine comme s'il avait couru un 400 mètres. Déjà il était épuisé. Pourtant rien n'était vraiment commencé. Il aperçut par terre le sac en bandoulière. Il le saisit et voulut le jeter également sous le canapé mais il n'y avait plus de place. Le corps ne dépassait pas sur la longueur, c'était déjà un miracle. Alors Michel le fit glisser sous un autre divan. Il se précipita dans sa chambre enfiler un slip de bains. Si jamais un visiteur se présentait, il sauterait dans le bassin et laisserait croire qu'il se baignait au soleil comme un homme sans soucis, puis il courut vers le fond de la propriété avec les gants de jardinage de Boris.

À plus de six heures du soir, tout fut terminé. Le trou seulement ! Mais c'était la partie la plus épuisante. La plus éprouvante serait le transfert du corps. Michel devait attendre qu'il fasse presque nuit pour ne prendre aucun risque. Après, il fermerait la maison et il rentrerait à Paris. Après seulement !

Il n'avait pas mangé depuis le petit déjeuner. Il avait mal au cœur, des vertiges. La fatigue ? La peur ? Il n'aurait su le dire. Il attrapa un morceau de fromage dans un bahut et un quignon de pain qui traînait sur un meuble. Il se mit à mastiquer avec application et voracité. Comme une bête ! Il ne mangeait pas. Il donnait du carburant à la machine pour qu'elle accomplisse le travail qu'on attendait d'elle. Il but un demi-litre de vin au goulot. Il avait mangé et bu trop vite. Quand il reposa la bouteille, des crampes lui tordirent l'estomac. Une fois de plus, il faillit vomir mais il savait qu'il ne devait pas s'arrêter. Il ne tenait que par les nerfs. S'il laissait le breakdown le saisir par surprise, il savait pertinemment qu'il ne retrouverait pas le courage nécessaire pour aller au bout de sa tâche.

Debout sur le seuil de la porte-fenêtre, il observait le soir qui baissait lentement. Le vent était tombé. Des oiseaux se baignaient sur les berges du bassin.

Sur le côté de la maison où se dressait la colline, les arbres formaient une masse bleue qui se découpait sur les nuages en plaques d'ardoises. Les contours des lointaines maisons devenaient incertains. Dès que le soleil n'éclaira plus le bassin, celui-ci devint plomb et Michel sut qu'il était temps d'agir.

Il ne pouvait se permettre d'utiliser une lampe pour éclairer sa sinistre besogne. Il devait œuvrer entre chien et loup tout en sachant que ce moment particulier serait éphémère.

Il sortit donc le corps d'Agnès de sa cachette, lui lia les mollets avec une corde assez longue qu'il passa par-dessus son épaule pour haler son encombrant colis jusqu'au trou qui devait le recevoir.

Il savait qu'il n'aurait pu le porter, non pas tant parce que la mort l'avait alourdi mais parce qu'il ne pouvait pas envisager d'y toucher une fois encore. Tout ! Mais pas cela !

Doucement, il tirait le cadavre sur l'allée du gazon mais il ne pouvait s'empêcher d'entendre le heurt de sa tête contre une pierre ou une motte de terre. Pourtant Michel faisait attention. Malgré son désarroi, il ne voulait pas aller trop vite comme si la douleur avait encore pu atteindre la jeune femme.

La couverture qui n'était retenue que par les mollets s'écarta à hauteur de la poitrine et s'étala en éventail autour d'Agnès. Michel étouffa un cri et un sanglot. Il n'en pouvait plus. « Je t'en prie, murmura-t-il. Je t'en prie… » comme si elle faisait exprès de rendre insoutenable son dernier voyage.

Enfin il arriva où il voulait qu'elle aille. Il distinguait mal tout ce qui l'entourait parce que la nuit gommait le paysage mais aussi parce que ses larmes brouillaient son regard. « Je te demande pardon ma pauvre chérie. Adieu… Je t'aime. Bénissez-la mon Dieu ! »

Il ne cessait de marmonner les mots qui lui passaient par la tête. Il devait les prononcer, sinon il aurait hurlé. Il aurait pris ses jambes à son cou et il aurait fui.

En tremblant, il rabattit la couverture soigneusement autour d'elle sans la toucher puis il l'approcha du trou et la fit basculer. Le bruit que fit le corps en tombant au fond de la fosse s'enfonça dans ses oreilles et il sut que désormais il vivrait avec son écho.

Alors, comme un fou, pour ne plus la voir, pour que ce soit fini, pour que le drame soit enfin consommé, il balança les premières pelletées de terre. Il fermait les yeux. Il ne voulait pas voir mais il entendait les flocs de la terre grasse sur le corps.

« Je vous salue, Marie, donnez-nous notre pain quotidien. Pardonnez-nous nos offenses. Amen. Mon Dieu, bénissez-la. Pardonne-moi, ma chérie. Pardonne-moi. Amen, amen. Bénissez-la. Notre Père. Je vous salue, Marie. »

Il confondait tout, incapable de se souvenir, ne se raccrochant qu'à des bouts de phrases inconsistants. « Sainte Mère de Dieu, mère de tous... » Il ne se souvenait même plus de quoi elle était la mère, à part de Dieu. « Ce n'est pas ma faute, ce n'est pas ma faute. »

Dans le trou, la terre tombait régulièrement. Les chaussures de Michel en étaient recouvertes. En piétinant, il faillit tomber dans la fosse. Avec sa bêche, il poussait la terre pour ne plus voir cette couverture qui recouvrait une chose abominable. Il priait. Il pleurait. Il geignait de fatigue.

Enfin, ce fut fini. Il faisait nuit. Michel, tremblant des pieds à la tête, revint vers la maison avec sa bêche sur l'épaule comme n'importe quel paysan qui rentre des champs. Si l'apparence était sauve, tout en fait était rongé et détruit à l'intérieur de lui-même.

Près de la maison, il appuya sa bêche contre le mur, secoua machinalement ses chaussures si lourdes de terre qu'elles ressemblaient à des raquettes canadiennes. Puis il entra et alluma, et tel un zombie alla chercher une bouteille de whisky, en fit sauter le bouchon et laissa le feu bienfaisant de l'alcool lui donner un ersatz de vie pour ne pas s'écrouler.

Au-delà des baies, maintenant tout était noir. La nuit avait mangé le paysage. Il était seul. Seul pour toujours ! Alors il se laissa tomber sur un siège, les bras entre les jambes, l'œil dans le vague, saoul de fatigue et d'alcool. Avant de s'endormir comme une masse, une dernière pensée le secoua comme une sonnette d'alarme.

Il avait oublié d'enterrer le sac !

17

Vendredi

Vers cinq heures du matin, il s'éveilla à cause du froid mais surtout à cause de tout ce qui s'était passé la veille. Il avait de l'étoupe dans la bouche et toujours la sensation d'être barbouillé, au bord de la nausée.

Une énorme pie sur la pelouse l'observait avec curiosité. Le brouillard étendait ses voiles opaques. La rosée vernissait l'herbe.

Il se redressa en frissonnant. Un cri de douleur lui échappa. Il avait les épaules soudées. Il regarda ses mains. Les cloques arrachées par le manche de la bêche en laissant ses paumes à vif leur donnaient l'aspect douteux de fesses d'hamadryas. Il avait besoin d'une douche et d'un café avant de retourner là-bas. Michel dut faire un terrible effort pour ne pas se recoucher dans la position fœtale pour tenter d'oublier.

Tandis que son café passait, il prit sa douche et se sentit un peu mieux après être resté plus de dix minutes sous le jet. Le café noir et brûlant le réveilla. Après, malgré sa fatigue, il emporta le sac d'Agnès, reprit sa bêche et sortit dans le jardin. Sur l'herbe trempée, des merles s'envolèrent dans un froissement d'ailes. Sur sa droite, dans un pâturage, le cheval secouait sa crinière comme les autres matins. Des nappes de brume s'étiraient dans une lumière laiteuse. Une rose jaune d'une beauté artificielle se dressait altière sur un maigre rosier. Elle avait atteint ce point de perfection qui fait croire au miracle. Pourtant dès le lendemain, elle aurait perdu sa grâce. Michel la cueillit.

Au fur et à mesure qu'il avançait, son cœur se serrait. Il n'eut pas à chercher la fosse. La terre fraîchement remuée la signalait de loin. Agnès était dessous. Pour toujours ! Michel n'avait plus de larmes. Plus rien qu'une infinie lassitude. Il laissa tomber la bêche et le sac et resta planté là, tête baissée comme un homme en prière. Mais il ne priait pas. Il restait prostré, les yeux fixés sur la terre épaisse où s'accrochaient encore des brins d'herbe d'un vert tendre et des cailloux et des orties. Sa tête était lourde d'être trop pleine de pensées douloureuses.

En appuyant son pied sur l'arête de la bêche, il creusa une nouvelle fois comme s'il avait voulu planter quelque chose. Le trou n'avait pas besoin d'être profond. Il ne devait renfermer que le sac d'Agnès et la rose du souvenir.

Quand ce fut fini, il égalisa la terre et alla ramasser une plaque de tôle ondulée abandonnée un peu plus loin. Il y ajouta un bout de grillage que Boris par paresse avait négligé de jeter à la décharge.

C'était tout ce qu'il pouvait faire pour honorer la tombe de la femme qu'il aimait. C'était injuste et navrant mais il ne pouvait pas faire davantage pour la dissimuler.

Michel, en regagnant le salon, eut les réflexes d'un véritable assassin en vérifiant soigneusement qu'il ne laissait pas dans la maison de traces qui puissent trahir son forfait puis il s'habilla, monta dans sa voiture et regagna Paris.

Il dormit quarante-huit heures.

Le mardi, son journal l'envoya faire un grand reportage sur le marché économique allemand. Il sauta sur l'occasion de reprendre une vie normale. Il télégraphia à Londres, à Boris pour l'avertir qu'il ne pourrait aller l'attendre à l'aéroport. À vrai dire, il appréhendait leurs retrouvailles et souhaitait les ajourner tant qu'il n'aurait pas récupéré un certain équilibre.

Dix jours plus tard, revenu en France, il sut qu'il devait aller à Filain sous peine de ne plus jamais pouvoir y retourner par la suite.

Pour être certain de ne pouvoir revenir sur sa décision, il téléphona chez les Loubiakov pour leur annoncer sa venue en fin de journée.

La voix de Célia était claire et joyeuse. Leur séjour avait sans doute comblé leurs vœux.

Michel était heureux à l'idée de retrouver sa belle-sœur qui, inconsciemment l'aiderait à franchir le cap difficile.

Il s'efforça de délaisser la bouteille avec laquelle il avait un peu trop flirté ces derniers temps et prit la route bien décidé à refermer à tout jamais la porte sur la nostalgie.

Michel arriva à Filain vers cinq heures du soir. Septembre qui débutait fanait déjà les couleurs. Le ciel était d'un bleu délavé et les nuages roulaient dans un camaïeu grisâtre. La vigne vierge qui recouvrait la maison avait plus d'or que de vert et les roses avaient la beauté émouvante des dernières floraisons.

Prince Igor aboya pour fêter son arrivée. Sur le tuner, il reconnut *Le Chant de la terre* dirigé par Bernstein. Il était rentré au pays !

La première, Célia vint à sa rencontre. Elle souriait. Ils s'embrassèrent plus longuement que d'habitude, marquant ainsi la joie profonde qu'ils avaient de se retrouver.

Instinctivement en entrant dans le salon, les yeux de Michel se posèrent sur la jarre. Elle ne contenait plus de marguerites mais de grands feuillages et les premiers chardons encore verts.

— Agnès ne vous accompagne pas ? demanda Célia en souriant.

— Elle est à New York.

— Oh ! c'est bien, j'appelle Boris.

Accrochée à la porte, une corne de brume sonnait le rassemblement des invités pour les repas ou réclamait l'un des deux conjoints quand il se trouvait à l'autre bout de la propriété. Célia l'actionna.

— Qu'est-ce qu'il fait ?

— Il sème sa pelouse. J'ai eu beau lui dire que ce n'était pas la saison, vous connaissez Boris !

— Comment ça s'est passé à Londres ?

— Formidable ! Il a presque tout vendu. Et, tenez vous bien, on part pour Brasilia le mois prochain. Tous les peintres du fantastique y seront, les morts et les vivants, vous parlez d'un cirque.

— Boris est content ?

— Un gosse qui a eu la médaille. Je plaisante mais son émission de T.V. lui a fait énormément de bien. Je dois dire qu'il a été merveilleux. J'étais très fière, vous savez.

— Il peut l'être de vous. Il vous doit en grande partie sa carrière.

Elle haussa les épaules d'un geste de doute qui ne contenait aucune aigreur. Elle partageait bien en partie cette opinion mais ne croyait pas que sa participation ait pu être déterminante.

— Qu'est-ce que je vous sers ? Bourbon, whisky, champagne ?

— Ce que vous voulez.

— Alors, whisky. Vous voyez cela fait venir Boris.

En effet, ils le virent arriver du fond du parc en agitant les bras en signe de bienvenue. Une vague de bien-être envahit Michel en regardant la silhouette de son frère qui se rapprochait de lui.

Quand ils se retrouvèrent ensemble tous les trois, il y eut une minute de bonheur parfait. Les deux frères se donnèrent l'accolade sous le regard affectueux de Célia. Boris avait une mine superbe.

— Qu'est-ce que tu nous sers, femme ?

Célia tendit à chacun les verres qu'elle venait de préparer.

— Tu es venu tout seul ?

— Agnès est à New York.

— Déjà ?

— Oui. Elle est partie mardi.

— *Down the hatch !* dit Boris en levant son verre.

— Tu ne m'en veux pas de n'être pas venu vous prendre à l'avion ?

— Penses-tu ! On a passé trois jours à Paris. Célia a fait des courses. J'ai vu mon directeur de galerie. Cinéma, théâtre, cabaret, la grande vie ! Tu me connais, une fois tous les vingt ans.

— Comment ça s'est passé à Londres ?

Tandis que Boris lui racontait dans les grandes lignes le succès obtenu par son exposition, Célia les laissa un moment en tête à tête, puis revint bientôt avec des paquets dans les bras.

— Ça, c'est pour vous, dit-elle en tendant le plus volumineux à Michel. (Elle posa l'autre sur la table.) Et celui-là, c'est pour Agnès. Voulez-vous le voir avant de le lui envoyer ?

Pour toute réponse, Michel eut un petit sourire un peu crispé. Célia crut y voir un acquiescement et tandis que Boris continuait à parler, Michel ne pouvait détacher ses yeux des mains de Célia qui défaisaient l'emballage cadeau avec précaution. Quand elle eut ouvert le carton, ôté la fibre qui protégeait son présent, elle sortit l'objet. C'était une ravissante boîte à musique en biscuit de Sèvres surmontée d'une ballerine d'une délicatesse remarquable. Célia remonta le mécanisme et posa la boîte sur la table. Entre eux.

— Vous ne trouvez pas qu'elle ressemble à Agnès ? C'est pourquoi nous l'avons achetée, remarqua Célia très fière de sa trouvaille.

Au même moment, un petit air aigrelet s'éleva dans le silence, une valse de Brahms que fredonnait toujours Agnès.

Michel eut conscience de devenir pâle comme un mort. Sa belle-sœur et Boris tout à leur joie ne parurent pas s'en apercevoir. Ils étaient si heureux de lui ramener ce cadeau. La danseuse ressemblait à Agnès et elle dansait sur son air préféré. Ils n'avaient pas cru à leur chance en trouvant la boîte à musique chez un antiquaire.

Fasciné, Michel ne pouvait en détacher son regard. C'était vrai. La petite poupée avec ses grands yeux et ses cheveux roux aurait pu être une miniature d'Agnès. Elle tournait avec une grâce naïve et saccadée sur l'air que la jeune femme avait toujours en tête.

Michel releva lentement son visage pour regarder le couple qui guettait ses réactions. Tous deux rayonnaient d'un tel plaisir qu'il dut se retenir pour ne pas crier ou éclater en sanglots.

— Vraiment, je ne m'attendais pas à cela ! ne put-il qu'articuler d'une voix éteinte.

Sans pressentir le trouble de Michel, sa belle-sœur expliqua :

— Nous aurions pu la chercher pendant des années. Et nous l'avons trouvée, par hasard, en sortant de l'hôtel. À la première visite du premier antiquaire où je me suis arrêtée. Avouez qu'il y a parfois de ces coups de chance !

Michel hochait la tête sans répondre et instinctivement sa main cherchait à arrêter le mécanisme pour que cesse cette mascarade épouvantable. La petite poupée si fragile, si délicate, si vivante ! Et cet air, cet air qui lui entrait dans la tête et qu'il ne pourrait plus cesser d'entendre désormais !

— Quelle merveilleuse idée, réussit-il à articuler d'une voix blanche.

— Bien sûr, enchaîna Boris, ce que nous t'avons rapporté est moins personnalisé mais on ne peut pas réussir deux miracles dans le même voyage.

— Vous n'ouvrez pas votre cadeau ? s'étonna Célia en poussant vers lui le gros paquet.

— Si bien sûr, répondit Michel en se demandant quelle nouvelle bombe allait lui exploser au visage dès qu'il l'aurait ouvert.

— Je vous dis ce que c'est ?

— Non, Célia laisse le lui découvrir. C'est ça le charme des cadeaux, c'est qu'on ne trouve jamais ce qu'on escompte, remarqua-t-il avec un grand rire plein de bonne humeur.

Michel espéra qu'ils ne se rendraient pas compte à quel point ses mains tremblaient en dénouant la ficelle.

— Ce que les hommes sont maladroits ! plaisanta Célia.

Enfin, ouvrant le carton et froissant des papiers de soie, il trouva une cave à whisky en bois de teck contenant deux flacons de cristal taillé. Un système de verrouillage, plaquette de bois et d'argent, bloquait les bouchons.

— C'est magnifique, vous avez fait des folies.

Un peu plus détendu, Michel put leur sourire et s'absorba dans la contemplation de son cadeau jusqu'à ce que son calme revienne.

— Eh bien dis donc, j'ai l'impression d'avoir mis dans le mille en choisissant ça. Célia voulait te prendre un nécessaire de brosses… en argent bien sûr et à ton chiffre. Mais je connais mon frère, moi. Un beau flacon, c'est déjà le commencement de l'ivresse, pas vrai, vieux ?

— Si, bien sûr. Vous « nous » avez gâtés.

— Eh bien, tu apporteras son cadeau à Agnès quand tu la reverras. À propos, tu vas bien la rejoindre en Amérique ?

Michel hésita, s'efforçant de sourire puis répondit un peu trop précipitamment.

— Oui, oui, bien sûr.

— Quand ? demanda Célia innocemment.

— Oh ! pas tout de suite. Après son film, probablement. Je ne veux pas passer pour M. Ferraubois.

— Je te comprends, approuva Boris en se levant. Bon je vous laisse tous les deux, moi je m'occupe de mon gazon.

— Michel, dites-lui qu'on ne sème pas à cette époque-ci, ça ne poussera jamais.

— Tu verrais ce gazon en Angleterre, pas croyable !

Puis il ajouta avec une moue :

— Trois siècles, paraît-il, plus la pluie et le brouillard, sans quoi… Enfin, je ne suis pas pressé. Tu ne m'en veux pas, vieux ? Mais le gars qui m'a prêté son engin revient le chercher ce soir. (Puis il précisa, fier de s'être souvenu du terme technique :) Un mini-tracteur équipé d'un rotavator. Oui mon vieux, me voilà lancé dans la culture, on aura tout vu !

Avant que Michel ait pu répondre, il sortit avec Prince Igor sur ses talons.

— Enfin ! ça l'amuse, remarqua Célia avec indulgence.

— Mais je croyais qu'il le semait…

— Avant il faut qu'il retourne la terre. Il veut faire ça dans les règles bien que ce ne soit pas la saison. Mais, ajouta-t-elle en souriant, vous connaissez Boris, il est presque aussi têtu que vous.

— Vous voulez dire qu'il va retourner le terrain avec son…

— Rotavator, oui. Et puis il le laissera reposer trois jours. Après il sèmera. Et rien ne poussera. Et il y renoncera. Entre nous, il n'a pas la main verte, j'ai eu le temps de m'en apercevoir.

— Ça vous ennuie si…

Il dut se racler la gorge et reprendre sa phrase.

— Ça vous ennuie si je vais le rejoindre un moment ?

— Bonne idée, au contraire. Je pourrai préparer le dîner tranquille. Mais ne bavardez pas trop, il va faire nuit. Le soir tombe vite maintenant. L'été est fini.

Heureusement que Célia parlait. Cela lui évitait de trop prêter attention à Michel qui, pris de malaise, se cramponnait à un siège pour ne pas tomber. Il affichait un sourire niais et, dans cet instant, si elle lui avait posé une question, il aurait été incapable d'y répondre.

Il était comme son frère, il n'y connaissait rien en culture. Retourner la terre ! Mais quelle idée ! Jamais il n'aurait cru que c'était nécessaire pour semer de la pelouse. Comment allait-il pouvoir détourner Boris de cette idée diabolique ?

Voyant qu'il ne bougeait toujours pas, Célia lui conseilla gentiment.

— Allez-y et n'ayez pas de scrupules. Je déteste avoir un bonhomme dans les pattes quand je cuisine. Dommage qu'Agnès ne soit pas là parce que j'ai mis les petits plats dans les grands. Il faut reconnaître qu'en Angleterre, on n'a pas été gâté de ce côté-là.

Inconsciemment, Michel lui sut gré d'être brusquement si bavarde. Il ne pouvait pas parler. Il avait déjà bien du mal à se tenir debout et il allait devoir retourner dans le fond du parc alors qu'il s'était juré de ne jamais y remettre les pieds.

— Je vous appelerai, dit-elle en désignant la corne de brume, et je vous conseille de ne pas laisser brûler mon soufflé, sinon...

Du doigt, elle le menaça affectueusement.

Michel sortit dans le jardin. Tout recommençait toujours. L'éternel cauchemar ! Qu'allait-il dire à Boris qui effectivement était aussi têtu que lui ?

Il gravit le remblai de terrain pour accéder à l'espèce de plate-forme qui redescendait en pente douce jusqu'à la lisière de la propriété. À cause de cette butte, il n'avait pas pu voir le rotomachin. Au bout de cinquante mètres, il l'aperçut stoppé au milieu du terrain en friche.

Boris n'était pas sur l'engin ni même à côté. Michel chercha son frère des yeux. Il ne le vit pas tout de suite. Il entendit sa voix, sa bonne voix qui faisait de l'autorité avec son chien.

— Igor, ici. Veux-tu m'obéir, nom de Dieu ? Ou je vais te chercher. Igor, au pied !

Malgré son excès de poids, le bâtard gambadait joyeusement en traînant quelque chose derrière lui. De sa place, Michel ne pouvait reconnaître de quoi il s'agissait.

En apercevant son frère, Boris lui fit signe de venir le rejoindre.

Michel avançait en automate. Il reconnaissait l'endroit où se tenait Boris. Il n'avait plus envie de lutter. Il avait perdu. Il acceptait sa défaite. Mais que ce soit fini. Vite !

Ce fut seulement en arrivant à hauteur de Boris qu'il leva les yeux sur lui. Le peintre souriait. Il avait bonne mine. Il était de bonne humeur.

— Tu parles d'un cabochard, dit-il en désignant son chien. Je me demande si c'est parce qu'il devient sourd, mais il n'obéit plus du tout.

Puis observant son frère, il ajouta :

— Tu devrais rester là quelque temps pour te mettre au vert, tu as une petite mine.

À ce moment, Prince Igor revint en traînant quelque chose.

— Qu'est-ce qu'il me ramène encore celui-là ! plaisanta son maître.

Mais Michel n'avait pas besoin de se retourner. Il le savait.

Dans quatre secondes, six peut-être, tout serait terminé. Il ne se donna même pas la peine de parler. À quoi bon ! Il leva simplement la tête et regarda le ciel pour que ses larmes se diluent un peu. Le vent jouait dans les peupliers d'Italie. Le bruit d'un klaxon s'atténuait dans le lointain et Prince Igor heurta ses jambes.

— Qu'est-ce que c'est que ça ? interrogea Boris en se baissant pour ramasser le sac d'Agnès.

Il avait l'air éberlué de le voir là, d'autant qu'il ne devait même pas savoir qu'il appartenait à la jeune femme.

— T'avoueras que j'ai un chien qui rapporte, poursuivit Boris qui s'apprêtait à ouvrir le sac couvert de boue.

Incapable de parler, Michel tendit la main. Son frère le lui passa machinalement.

— Je l'ai bien vu se balader avec ça depuis un moment. J'ai dû le déterrer en passant dessus avec mon engin. Qu'est-ce qu'il y a dedans ?

— Rien ! répondit farouchement Michel.

— Comment ça : « Rien » ? T'as même pas regardé !

Michel serra le sac à bandoulière sur sa poitrine comme si son frère avait voulu le lui prendre de force et il se mit à crier d'une voix de tête.

— Eh bien, tu ne vas pas en faire une histoire. T'as trouvé un vieux sac, on va le jeter à la poubelle, c'est tout.

— Pourquoi le jeter ?

— Tu ne veux pas t'en servir, non !

Ahuri, Boris regardait son frère sans comprendre.

— Mais ne crie pas comme ça. Il y a peut-être des papiers dedans. Ce serait marrant de savoir à qui il appartenait et depuis combien de temps il est là.

Prince Igor aboyait parce qu'il trouvait injuste qu'on lui confisquât le trésor qu'il avait déterré lui-même.

— Ça ne nous regarde pas.

Michel amorça le geste de le balancer pardessus la clôture.

En deux enjambées, Boris le rejoignit et le secoua aux épaules.

— Qu'est-ce qui te prend ? T'en fais une tête !

— Fous-moi la paix ! On ne va pas se disputer pour un sac, non ?

— Mais bon Dieu, c'est toi qui réagis comme un dingue. Je m'en fous pas mal, moi, de ce sac. Je me demande pourquoi il te met dans un état pareil. Passe-le moi.

— Non ! hurla Michel en cramponnant le bras de son frère.

Boris était calme, d'un calme impressionnant en observant Michel qui n'avait pas dû le voir souvent dans cet état.

Il tendit simplement la main tout en regardant son frère plus livide qu'un mort.

Fasciné, le cadet ne put qu'obéir. Sa bouche s'ouvrit mais aucun son n'en sortit. Lentement ses mains aux articulations blanches se décollèrent de sa poitrine et, avec un interminable mouvement de ralenti, le sac changea de main.

Au bord de l'évanouissement, Michel vit Boris soulever le rabat souillé de terre et plonger dedans de la main et du regard.

Pour Boris aussi, tout se passait maintenant au ralenti.

La main de Michel se crispa sur sa poitrine à hauteur de son cœur comme si ce simple geste pouvait en atténuer les battements désordonnés.

Il vit Boris sortir un passeport d'où émergeait un billet d'avion. Il le vit ouvrir le passeport et lire le nom inscrit dessus. Il lisait vraiment très lentement ou peut-être bien qu'il ne comprenait pas ce qu'il lisait ou peut-être encore qu'il se refusait à comprendre la vérité.

Ce fut long. Une éternité !

Puis Boris, devenu aussi pâle que Michel, referma lentement le passeport en plaçant bien dedans le billet d'avion comme on le fait d'un signet dans un livre.

Son visage ressemblait à celui d'un écorché. Le sang s'en était retiré laissant bien ravinés les sillons des rides. Un petit muscle bougeait sur sa tempe. Ses yeux bleus devenaient presque noirs.

Michel vit son aîné replacer lentement le passeport dans le sac et le refermer. Boris ne quittait pas Michel des yeux. Aucune expression n'animait son visage quand il déclara d'une voix enrouée à peine audible :

— Tu m'as bien dit qu'Agnès était repartie pour New York ?

Michel rejeta l'air de ses poumons. Une sorte de sifflement fit chuinter ses mots quand il répondit d'une voix mourante :

— Oui, c'est vrai, tu dois me croire.

Transformés en statues de pierre, incapables de bouger, ils ne pouvaient que se regarder. Fixement. Interminablement.

L'expression de Boris devint moins inhumaine. Elle était douloureuse, navrée, incrédule mais elle était vivante. Il n'avait plus ce masque de granit face à la figure défaite de son frère. Boris lui opposait un visage d'homme ravagé et vieilli tout à coup mais un visage d'homme.

— Tu dois me faire confiance, supplia sourdement Michel.

— Pourquoi ?

Oui, pourquoi faut-il faire confiance ? Personne ne le sait mais personne ne peut vivre si un homme ne fait pas confiance à un autre.

— Pourquoi ? répéta Boris d'une voix caverneuse.

Michel murmura dans un râle :

— L'enquête est close, Boris.

— Mais Agnès ?

— Laisse Agnès où elle est. Elle se fiche pas mal de nous maintenant.

Le regard de Boris, plongé dans le mystère insondable du regard de son frère, ne pouvait échapper à la sorte d'envoûtement qui les tenait tous deux prisonniers.

D'une voix chavirée, Michel poursuivit.

— N'oublie jamais qu'en doutant de moi, Barois et toi, vous avez pris une lourde responsabilité. Par votre faute je ne suis plus le même homme. Pensez-y.

— C'est du chantage !

Lentement Michel secoua la tête. Non, ce n'était pas du chantage mais une constatation autrement plus grave.

À la stupeur de Boris s'ajoutait un sentiment d'horreur qu'il ne pouvait refouler.

Tendu comme un arc. Michel se raccrochait à son frère avec un désespoir si évident et si pitoyable que Boris ne put insister sous peine de le voir s'effondrer.

À ce moment, la corne de brume poussa son appel guttural dans le brouillard qui recouvrait la vallée. Il faisait presque nuit.

L'aîné se détourna. Michel se sentit défaillir à l'idée que son frère l'abandonnait mais il le vit qui s'éloignait le temps d'aller ramasser la plaque de tôle ondulée qu'il avait jetée sur le côté pour pouvoir labourer. Il la traînait derrière lui en la ramenant et quand il se trouva devant la tombe d'Agnès, il jeta le sac sur la terre et rabattit dessus la plaque de tôle. Puis à pas pesants, ayant pris dix ans en quelques minutes, il posa son bras sur l'épaule de son frère et la serra de sa large main.

— Viens, allons dîner.

Dès cet instant, Michel sut que Boris acceptait de partager son secret et il l'aima peut-être davantage parce qu'il acceptait en plus de partager son enfer.

Dans le soir, tous deux avancèrent du même pas lourd, dans la terre épaisse vers la maison éclairée où Célia les attendait pour fêter leurs retrouvailles.

Composition réalisée par PCA

Impression réalisée par
Maury Malesherbes
pour le compte des Éditions J. C. Lattès
en mars 2023

LE MASQUE
s'engage pour l'environnement
en réduisant l'empreinte carbone
de ses livres.
Celle de cet exemplaire est de :
170 g éq. CO_2
Rendez-vous sur
www.lemasque-durable.fr

PAPIER À BASE DE
FIBRES CERTIFIÉES

N° d'édition : 01
N° d'impression : 269081
Dépôt légal : avril 2023
Imprimé en France